U0073993

不可以用超能力談戀愛
02 END

本作女主角，高一生。身材嬌小、臉蛋甜美，個性卻極其惡劣的傲嬌蘿莉。擁有超能力，是班上唯一知道藍士仁秘密的人。
黃芯婷

藍士仁

本作男主角，高一生。表面上是個叱吒風雲的陽光男孩、迷倒無數女同學甚至連女老師都拜倒在其雄性魅力之下的萬人迷，興趣是打籃球、唱歌。實際上是喜歡躲在黑暗的房間裡玩戀愛養成遊戲的電玩宅。

蕾姆・蒂絲娜

身材姣好、成熟性感的外國女生，總是向藍仕仁問路。

CONTENTS

第一章

没有出口的迷宫、没有心針的深海。

黑暗的房間裡，只剩下微弱的月光勉強讓我看得見一無所有的雙手，樓下傳來老媽看著綜藝節目的電視聲，電視裡歡樂的交談聽起來格外刺耳。

我蜷曲著身體，像是枯萎的落葉靜躺在床上，想睡卻睡不著。寂靜的空間內，孤單的喧囂在耳邊揮之不去，心煩意亂的輾轉難眠。

一切都結束了，我沒有失去什麼，只不過是回到以前的生活。

閉上眼睛，她的臉龐無預警地浮現在腦海裡，我既是煩躁又是難過，奮力張開眼睛，在床上翻來覆去。

和她最後一次的對話，不停、不停、不停的回想……

「賴義豪向妳告白？」

「對啊……」

「那很好啊，妳答應了沒？」

「還沒。」

「妳不是很喜歡賴義豪嗎，幹嘛不答應？」

「我……」

「老實說我真的很不喜歡妳這種猶豫不決的個性，喜歡就直接答應他啊，特地跑來跟我講幹什麼？炫耀嗎？」

「…………」

「趕快答應他吧，反正我也受夠妳了。」

「做作男，你幹嘛……」

「妳也很做作啊，明明那麼懦弱，還裝作一副很堅強的模樣，其實笨手笨腳的什麼都做不好，趕快滾吧，我不想再看到妳了。」

不知道自己在說些什麼，完完全全的失控，利刃般刺人的話不停脫口而出。

得知黃芯婷還沒答應賴義豪的告白時，當下我是鬆了口氣，但想到她遲早會答應賴義豪的告白時，一股莫名的煩躁與憤怒冷不防的將我吞噬！

不給我任何保持理智的機會，內心的不快成了句句傷人的利刃，毫不猶豫地擲向滿是錯愕的黃芯婷。

驚覺自己說了無法挽回的話後，我陷入沉默，卻拉不下面子道歉，眼前的黃芯婷也沉著臉色，閉口不語。

只是她不像平常一樣暴怒，接著對我拳打腳踢，反而愣在原地，擺出一張我難以理解的神情。

「我知道了……」

尷尬的氣氛沒有維持太久，黃芯婷默默地扔下這一句話後，施展瞬間移動消失在我的房間內。

留下熟悉的髮香，還有令我無法招架的懊悔與難過。

○●○●○●○

隔天一早，整晚幾乎沒睡的我還是搭了校車來到學校。

儘管昨晚只睡了兩個小時，還是半夢半醒，我卻沒有打算請假，心中彷彿懸著一塊石頭，非得到學校才能得到解脫。

該向黃芯婷道歉嗎？

這個問題困擾了我整個晚上，畢竟起因是自己歇斯底里，卻也想不透為什麼我會突然失控。

突如其來的憤怒完全支配了我的言行，那些脫口而出的傷人話語……真的是我內心所想的嗎？

腳步隨著凌亂的思緒越來越快，最後變成小跑步、在走廊上直奔向教室，經過樓梯間的保溫箱，教室的門就在眼前，想也不想的推開門後，我以為黃芯婷會像平常一樣，在座位上用那張娃娃般的臉蛋說：「早啊，做作男。」

剛才的跑步導致我現在還喘著，空無一人的教室只剩下我的喘氣聲與滿滿的錯愕。

黃芯婷……還沒到學校？

她在搞什麼鬼，明明用瞬間移動不到一秒鐘的時間就能到教室了。

「應該還在生氣吧？」

我嘆了口氣，慢慢的走向座位。將書包放好後，我看著黃芯婷空盪的椅子，心想，等等還是向她道歉吧，畢竟是我不對。

窗外走廊，睡眼惺忪的學生們來來往往，他們拿著便當到樓梯間的保溫箱存放。當初我和黃芯婷認識不久時，她為了讓我吃下親手做的毒便當，竟然將我的便當扔下樓。

「噗哧！」

想起和黃芯婷之間發生不少的蠢事，甚至遇過搶劫，整件事情既荒謬又誇張，我不免啞然失笑。

說起來，我應該是她第一個坦承自己擁有超能力的對象吧？

獨自坐在教室裡，過了約莫十分鐘左右，再過不久早自習就要開始了，同學們也會陸陸續續進入教室，只是，總是第一個到教室的黃芯婷卻遲遲沒有出現。

等得悶了，我開始四處張望，就怕自己又開始胡思亂想。

這時，突然有個念頭，我起身走向黃芯婷的座位，低頭朝她的抽屜一看。

「啊……果然是亂七八糟。」

教科書、講義、筆記本，東西全部都塞在抽屜裡，看來黃芯婷完全沒有帶書回家複習的打算呢。

「這是！」

無意間，目光注視到一個眼熟的袋子，我伸手將它從抽屜取出後，立刻明白這個透明的小袋子為什麼令我感到熟悉。

「這不是……之前家政課，我為了陷害黃芯婷所準備的辣椒與瀉藥的混合物嗎？」記得當時我佛心來了，打消陷害黃芯婷的念頭，於是將它扔出窗外。

「為什麼會出現在黃芯婷的抽屜裡……」

滿腹困惑卻想不透答案，這時耳邊傳來開門聲，嚇得我趕緊將小袋子收進口袋，故作鎮定地坐回位置上。

還以為是黃芯婷來了，但內心一絲的喜悅隨即被撲滅，因為走進門的偏偏是我現在最不想看見的人——賴義豪。

他老樣子擺著一副正經八百的撲克臉，走到自己的座位上後，馬上從書包裡拿出課本複習。到底是有沒有這麼認真啦？

昨天才向人家告白，今天又到學校來裝乖學生，這個世界真是如此雙面啊，哪來這麼多做作的人啊？

話雖如此，最做作的終究是我啦！

隨著第二個來到教室的人，並沒改變教室內的寂靜，反而添增了不少尷尬，牆上時鐘的秒針移動聲響如此清晰，還能聽見賴義豪翻書的聲音。

想起黃芯婷與賴義豪昨晚的事，我按捺不住便開口試探：「班長一大早這麼認真啊，昨天沒看書嗎？」

「早上是記憶力最好的時間。不只今天，每天早上我都會看書。」賴義豪頭也不回的回答。

「那晚上呢？」我故作配合的拿出課本放在桌上，想融入賴義豪讀書的氛圍，「昨晚不是和黃芯婷逛街嗎？」

「只不過是請她陪我去買些文具罷了。」

「是喔，那發展的還順利嗎？」

我看見賴義豪的背影怔了一下，停止翻書的動作，然後轉頭看向我。

「這，不關你的事。」

「蛤～幹嘛這麼小氣啦，告訴我呀！」

之後不管我再怎麼煩賴義豪，他始終沉默、自顧自地看書，直到其他同學紛紛來到教室後，我才放棄追問。

呿，賴義豪這個假正經。

我看八成是黃芯婷還沒有答應他的告白，哈！

一轉眼來到了中午，教室裡充斥著同學們聊天的吵雜聲，我的心情卻沒有因為熱絡的氣氛而感到愉快，反而是越來越低落、越來越納悶。

走廊外擠滿了其他班的學生，多是排隊來拿放在保溫箱裡的便當，我的便當也在保溫箱內，卻沒有半點食欲，完全不打算去拿。

「唉……」看著走廊上大排長龍的人，我不自覺的嘆了口氣。

等了半天，黃芯婷始終沒有出現，是請假了嗎？

搞什麼嘛，雖然我昨天說的話是滿過分的，但也沒必要因此而請假缺席呀！此時的我內心想著，假如黃芯婷下午能來學校，讓她痛扁洩憤我也願意啊！

「欸，昨天我好像被附身了，所以說了一些奇怪的話，對不起！」

「妳今天怎麼這麼晚才來學校啊？對了，昨天的事，抱歉。」

「昨天我心情不好，所以胡說八道，別放在心上啊！」

午休結束後，睡眼惺忪的同學們正為下一堂課做準備，有的人上廁所、有的人到飲水機盛水，而我則在座位上自言自語，練習著見到黃芯婷後該如何向她道歉。

上課鐘鳴、下課鐘響，自正午過後的太陽，遲遲等不到月亮的出現，於是它的光芒越來越憔悴，隨著時間流逝，最後落寞地西沉山邊。

彷彿我的心情寫照。

○●○●○●○

轉眼來到了放學，天色步入黃昏，黃芯婷始終沒有出現。回過神來，我愕然無語，經過了將近十個小時，卻不知道自己是如何度過這一天。

沒有黃芯婷在上課時對我做作的模樣吐嘈，好不習慣。

沒有黃芯婷在下課時和我鬥嘴、聊天，好不習慣。

沒有看見黃芯婷那張容易泛紅的臉頰，好不習慣。

沒有聽見黃芯婷那甜美的聲音說出惡毒的話語，好不習慣。

沒有黃芯婷，掛在我臉頰上的笑容竟然是如此的虛假，好像戴著一張面具，嘴角上揚完美的角度，心卻是空的。

縱使多麼失落，我好像還期待著黃芯婷能在最後一刻出現。

看著回家的校車從眼前開過，掀起了漫天的灰塵與刺鼻的廢氣。坐在校門的階梯上，我拿出書包內的手機，電量剩不到一半，打開了通訊錄，看見黃芯婷的名字與手機號碼顯示在螢幕上。

學生們紛紛從校內走出，下班後的老師們也開著車駛離校園，還有成雙成對的情侶，經過校門時無不注意到獨自坐在臺階上的我。

悄悄颳起的晚風，輕撫在我面無表情的臉蛋上，顧不得形象，無論是誰、甚至是仰慕我的女同學從面前經過，我仍是沒辦法揚起微笑，連做作的面具也無法戴上。

黃芯婷是不是偷偷對我施展什麼奇怪的超能力啊？

只不過是沒有看見她，我的思緒竟然如此紛亂、心情變得那麼複雜，就連想著戀愛遊戲的內容，仍是讓我感到空虛，行屍走肉了一整天。

好像心撲了空，一直往下墜……一直往下墜……

「打給她吧！」

終於等到受不了了，我下定決心撥電話給黃芯婷。

憑著一個念頭，我立刻開啟手機的通訊錄、找到了黃芯婷的名字和手機號碼，下方一顆大大的通話鍵，只要按下去便能撥出電話給黃芯婷。

只差臨門一腳，手指卻停在螢幕前，突如其來的悲觀想法打住了我的動作。

假使打給黃芯婷的時候，她正在通話中該怎麼辦？

又如果通話的對象，是賴義豪呢……

「還是……等明天好了。」我將手機收回口袋。

不知道為什麼，我實在無法面對撥電話給黃芯婷時，她正在和賴義豪通電話這件事。光是想像，心就好像被針扎到一樣，又酸又痛。於是我只能當個懦夫，看著黃芯婷的電話號碼唉聲嘆氣。

隨著哭紅著臉的夕陽沉沒後，天空靜靜的蓋上一層灰，它終究沒有看見月亮的出現，

最後只好落寞地離開。就像我，辛苦維持了一整天的期待在這一刻幻滅。

當我失望的從臺階上起身時，手機鈴聲突然大譟，內心浮出一絲喜悅，我趕緊拿起手機一看，竟是沒有看過的電話號碼，不是黃芯婷。

「現在沒心情接電話。」我嘆了口氣，直接將電話掛上。

往後轉頭一看，校門口的鐵門已在不知不覺中關上。拖著沉重的腳步，失魂的我面無表情走在路上，原本的心情就已經很低落了，剛才的未知號碼又不斷地打來，手機鈴聲狂響，搞得我既是難過又是暴躁。

「喂，幹嘛？我現在心情很差，如果你是打來推銷或是廣告的，絕對會被我臭罵一個小時以上！」受不了鈴聲狂響的精神折磨，我妥協的接起電話，開門見山說道。

「Oh my god，士仁Boy，你吃炸藥了呀？」

話筒那端傳來濃厚的外國腔調，這令人印象深刻的口音，我怎麼可能忘記呢？

「蕾姆小姐！」我大感吃驚，「為什麼妳會有我的手機號碼？」

「士仁Boy，你應該知道我的職業，要拿到你的號碼並不困難喔。」

「這樣啊……有事嗎？」我問。雖然對方是黃芯婷的親妹妹，卻不是黃芯婷本人，我仍是開心不起來。

「是這樣的，我想知道你和姐姐的學校地址，方便告訴我嗎？」蕾姆．蒂絲娜問道。

「是可以啦，妳現在要過來嗎？」我拿著手機，轉頭看向有些距離的校門口，今天夜校不用上課，空無一人的學校在晚上顯得有些恐怖。

「Yes！」

告訴了蕾姆．蒂絲娜學校地址後，我又轉身走回校門口，這時夜晚的漆黑已經完全覆蓋了天空，太陽朝思慕想的月亮也高掛在上頭。

「月亮妳這任性的傢伙，為什麼偏偏等到太陽落寞的離開後，才肯出現呢？」我仰著頭向月亮自言自語地說。

月亮總是好了一些，至少它在夜晚出現了，黃芯婷卻一整天不聞不問，完全沒有出現在我的面前，雖然做錯事的人是我，她卻完全不給我一個道歉的機會嗎？

等了大約一個小時，晚風越吹越強，氣溫越來越低，只穿校服的我開始冷得發抖，「蕾姆小姐怎麼那麼慢啊！」

拿起手機，打開通話紀錄，我毫不猶豫地撥給了蕾姆．蒂絲娜。

「Hello，士仁Boy！」

「哈妳個頭啦！蕾姆小姐妳不是要來我們學校嗎？」我問。

「Yes，我正在路上呢。」

「路上！妳用瞬間移動不就可以了嗎？」

「士仁Boy，瞬間移動那種無視空間與時間的超能力，家族世代只有姐姐辦得到呀！」

蕾姆・蒂絲娜失笑著說。

喔，也對。仔細想想，會使用瞬間移動，到哪兒都不是問題，這種逆天的超能力，如果蒂絲娜家族的人都會，豈不是成了仙人家族嗎？

又過了好一會，轉角黑暗的巷口才傳來刺眼的車燈，一輛計程車停在校門口前，蕾姆・蒂絲娜正坐在後座，掏錢給計程車司機。

不愧是外國美女，蕾姆・蒂絲娜下車的氣勢非凡，隨著後門打開，伸出了穿著黑色絲襪的修長雙腿，之上是合身的黑西裝短裙，使蕾姆・蒂絲娜的臀部曲線一覽無遺。

白色襯衫被渾圓、豐滿的胸部撐得緊繃，蕾姆・蒂絲娜一身火辣性感的ＯＬ裝扮，明明只是從計程車後座下來，卻有種大明星搭著名車蒞臨現場的既視感。

計程車走後，蕾姆．蒂絲娜抬頭望了一下我們學校。

「士仁 Boy，很感謝你告訴我學校的地址。」蕾姆．蒂絲娜說著話，邊東張西望，好像在觀察什麼似的，「不過你怎麼這麼晚還沒回家呢？」

「心情差啊。」我嘆了口氣。

「和姐姐吵架了，對嗎？」

我大感吃驚，不敢置信地問：「妳怎麼知道！」

難不成蕾姆．蒂絲娜也會讀心術？

「因為今天姐姐的心情也不太好呢，甚至沒有來上課。」蕾姆．蒂絲娜跟著嘆了口氣，那雙深邃的藍色眼眸盯著我看，「所以只好請士仁 Boy 告訴我，你們學校的位置呀。」

「喔……」我點了點頭。看著蕾姆．蒂絲娜，她站在校門口左顧右盼，似乎想嘗試翻過鐵門、走進校園。

「蕾姆小姐，妳怎麼會突然問我們學校的地址啊？」我好奇的問。

只見蕾姆．蒂絲娜轉頭過，用那張美麗的成熟臉龐作了一個俏皮的鬼臉，說：「這是機密喔。」

「好吧，既然妳也知道學校地址了，我就先回家囉。」

「Wait，士仁 Boy！」

「怎麼了？」

只見蕾姆．蒂絲娜拿起她那支過時的雜牌手機，按了又按，好像在輸入什麼。幾秒後，她抬起頭、揚起迷人的笑容，藍色眼瞳好像帶電似的，盯得我渾身起了雞皮疙瘩。

「士仁 Boy 還沒吃晚餐吧？」

「嗯。」我答道。這時肚子很配合地發出「咕嚕嚕～」的怪聲。

「不如……」接著蕾姆．蒂絲娜走近我，她那緊繃著白襯衫的豐滿胸部占據了我一半的視線，「我們一起去找姐姐吃晚餐吧？」

「什麼？」我吃驚的問：「去哪找她！」

「當然是姐姐家啊，士仁 Boy 真幽默！」蕾姆．蒂絲娜呵呵笑。

直接去黃芯婷的家裡找她……這樣好嗎？

如果黃芯婷現在不想看見我呢？

夜裡的學校沒有一絲燈光，冷風刺骨，黑暗的街頭只剩下一盞路燈。站在泛黃微弱的燈光下，我的內心掀起陣陣漣漪，只因為蕾姆．蒂絲娜的一句話。

隔天就能見到黃芯婷，或者後天……她總有一天會回到學校，明明可以碰面時再向她道歉，更何況我還打算輕描淡寫的帶過那句對不起，好讓自己保有一些面子。

可是……

不知道為什麼，光是想到能見到黃芯婷，我便無法控制自己，好想現在、立刻、馬上看見她，向她道歉也好、被她揍也好。

壓抑不了內心的衝動，也不顧黃芯婷現在是否不想見到我這種悲觀的想法，我立刻答應蕾姆．蒂絲娜說：「好，帶我去！」

「OK，那麼……」

蕾姆．蒂絲娜伸出手。見狀，我立刻牽起她的手。

雖然蕾姆．蒂絲娜的手掌比黃芯婷大上許多，卻十分柔軟細緻，彷彿吹彈可破，我緊握著她的手，一臉期待地看著她。

只見蕾姆．蒂絲娜張著眼睛，錯愕了幾秒後，臉頰有些泛紅。

「怎麼了？」我困惑地歪著頭。

蕾姆．蒂絲娜失笑著，舉起我們兩個緊握的手問：「士仁Boy，這是？」

「啊！」猛一想起蕾姆．蒂絲娜不會使用瞬間移動這件事，我趕緊放開雙手，害羞又愧疚的說：「對、對不起，蕾姆小姐，我忘了妳不會用瞬間移動。」

「呵呵呵呵——」蕾姆．蒂絲娜笑得十分誇張，還笑出眼淚來了。用手指擦去眼淚後，她接著說：「士仁Boy很習慣跟姐姐相處呢。」

「還好啦……」被她講得我也有點害羞了。

不過確實如此……自從黃芯婷知道了我的真面目、答應黃芯婷幫助她追求賴義豪後，我們幾乎每天每天都膩在一起，雖然不像其他情侶那樣甜蜜。而我和黃芯婷的相處模式多是互相鬥嘴，打架嬉鬧——當然，是我單方面被痛毆。

長時間下來，我好像也習慣了黃芯婷在身旁的感覺，無論去哪，只要有她的超能力都能暢通無阻，即使遇到了搶劫、面對凶神惡煞的歹徒，只要有黃芯婷在身旁，哪怕是擋子彈，我也能鼓起勇氣、挺身而出。

在學校以虛偽、做作的笑容面對班上同學以及仰慕我的女生，即使和其他人談得有說有笑，那樣子的我，卻不是真正的我。

完美的形象之下充斥著空虛，無人了解的寂寞。

唯獨黃芯婷，她知道真正的我是個怎麼樣的人——多麼做作、多麼惡劣，充滿著缺點。

儘管如此，她還是待在我身邊，願意成為我的朋友，在日常的鬥嘴中，因為她的激動反應而逗笑了我。

那樣的我、那樣的笑容，會不會才是我真正發自內心的笑呢？

原來，不只是我幫助黃芯婷追求賴義豪，而我也在不知不覺中，依賴著黃芯婷嗎？

回過神來，我和蕾姆．蒂絲娜已經坐在車上，正前往黃芯婷家的途中。

離開了大園，計程車開上高速公路，遠處的城市燈火通明，夜裡的天空星羅棋布。

看著窗戶上倒映著自己的臉，憂愁苦臉的模樣使我想起那天晚上脫口而出句句傷人的話後，為什麼她沒有生氣、沒有暴怒，反而給了出一張至今我無法解讀的表情。

交雜著路燈與車燈刺眼的光芒，我的思緒又陷入一片混亂、泥沼中，我反覆思考著無法解答、無法明白的問題。

慾望，是人性。得到後，會想得到更多。以前沒有真心朋友的我，如今是否得到了一個真心的朋友呢？

雖然她很暴力、很任性，但，至少在我的心中，認同她是唯一的真心朋友呀。

黃芯婷和賴義豪交往後，我和黃芯婷也能繼續當朋友的，不是嗎？

既然如此，為什麼我會如此的排斥呢？

最初，不也是我自己答應黃芯婷，願意幫助她追求賴義豪的嗎？

按著自己像是被鎖鍊緊捆著的胸口，答案像是掉落在深不見底的海溝，思緒困在錯綜複雜的迷宮裡，我……已經不知道，自己真正的想法究竟是什麼了。

轉眼，計程車來到遠離城市喧囂的郊區，一棟棟豪宅別墅建立在樹林間，放眼望去，家家戶戶的前庭內都停了不少輛名車。

我是不是走錯地方，來到天龍人的聖域了？

「到了，這裡就是姐姐在臺灣的家喔。」蕾姆．蒂絲娜說。

我目瞪口呆看著眼前像是城堡的建築，原來臺灣也有這樣一個地方啊，世界真大。以為我家已經很富裕了，想不到人外有人、天外有天，黃芯婷一副缺乏營養、發育不良的模樣，竟然是個暴發戶的千金大小姐。

「住、住這麼大一棟房子，就黃芯婷一個人？」我指著眼前像座城堡的豪宅。

蕾姆．蒂絲娜點頭，一臉理所當然的樣子。

「嗶——」

蕾姆．蒂絲娜按下前庭大門上的電鈴後，對講機很快地出現雜音，隨後傳來的聲音竟然令我困擾了一整天的陰霾掃去大半。

「喂，蕾姆嗎？」黃芯婷的聲音透過對講機傳出。

蕾姆．蒂絲娜轉頭看向我，露出曖昧的笑容，示意我來回應黃芯婷。起初我不停揮手，害怕黃芯婷聽見我的聲音就將對講機關掉，直接請我吃閉門羹。

「如果她不開門怎麼辦？」我不安的問。

蕾姆．蒂絲娜豎起大拇指，「No problem！」

「喂？」對講機傳來黃芯婷不耐煩的聲音。

「呃……是我。」

語畢，對講機另外一端沉默了好幾秒，才傳來黃芯婷的聲音：「等一下，我現在立刻出去揍人。」

見狀，蕾姆．蒂絲娜開心的說：「太棒了，士仁Boy，姐姐要來開門了！」

「等！沒聽錯的話，剛剛她是說立刻出來揍……」

話還沒說完，一記上勾拳冷不防地痛毆在我的下巴，熟悉的痛楚傳遍全身，我整個人飛了好幾公尺，跌落在不遠處的草叢裡。

眼冒金星的我還來不及反應，只見一雙紅色嬌小的娃娃鞋出現在眼前，抬頭一看，是黃芯婷那張洋娃娃般、甜美可愛的臉蛋，她水汪汪的大眼睛直瞪著我。

下巴很痛，我卻開心無比。

只因為見到黃芯婷嗎？

我笑嘻嘻的從地上爬了起來，身上滿是淤泥。

黃芯婷看著我詭異的笑容，一臉錯愕的問：「我該不會下手太重了吧？竟然把你打成智障了！」

「下手很重沒錯，不過我沒有變成智障啦。」我說。

「喔，真可惜。」黃芯婷不改毒舌個性，轉頭看向蕾姆．蒂絲娜問：「蕾姆，妳怎麼會來？」

「士仁 Boy 跟我都還沒吃晚餐，想說找姐姐一起吃頓飯啊。」蕾姆．蒂絲娜笑道。

「哦～為什麼我非得跟做作男吃飯不可啊？」黃芯婷不屑地看著我。

好開心。為什麼會這樣？

即使黃芯婷看著我的表情是多麼的不屑、多麼的譏諷，我卻開心得無法自制，只能不停傻笑。

黃芯婷還是像以往一樣對待我，是我熟悉的毒舌、熟悉的暴力、熟悉的可愛臉龐。

「對不起，芯婷。」顧不及氣氛與場合，我表情正經的看著黃芯婷。

「嗄？什、什麼對不起……」黃芯婷張大著嘴，大概壓根沒想過如此愛面子、重形象的我會這樣向她道歉吧。

「對不起，我不該說那麼過分的話，請妳原諒我。」一股強烈的衝動從胸口湧出，控制了我的身體，我將黃芯婷一把抱住，「我還想一直跟妳在一起。」

被我突如其來的擁抱，黃芯婷不知所措地說：「突突突突突然說這什麼話啊！」

「啊！」我也驚覺自己的舉動太超過，趕緊鬆開手。

只見黃芯婷滿臉通紅，支支吾吾又害羞的說：「我、我……我原諒你就是了。做作男你真是奇怪的傢伙，明明是你自己說不想看見我的。」

「對不起，妳是我唯一的真心朋友，我怎麼可能會不想看見妳？」都在學校等了一整天了，朝思慕想，連飯都吃不下。

「……好啦！」黃芯婷害羞地撇過頭，雙手環胸說：「我會當你一輩子的真心朋友，這樣可以了吧！」

「……」明明是開心的事情，也是我今天最期盼的事情，但是聽見黃芯婷這樣說，不知為何，內心悄悄地被扎了一針，瞬間的刺痛使我愣在原地。

「幹嘛！」黃芯婷趾高氣揚的問，「都原諒你了，還不滿意嗎？」

「很滿意，哈！」我扯開笑容，故作開心地說。

蕾姆．蒂絲娜在一旁開心的附和：「好啦，姐姐和士仁 Boy 不如進屋裡再聊啊？我可是餓扁了呢。」

我望著黃芯婷。她一副不甘願的樣子，嘟著嘴說：「看什麼看？走啦！」笑了，出自內心的微笑。這個小傲嬌真的、真的很可愛。

「難得來我家吃晚餐，今天就由本小姐來親自下廚吧！」黃芯婷笑道。

蕾姆．蒂絲娜在旁鼓掌，直呼：「Yes，第一次吃姐姐親手煮的晚餐呢！」

……等等！我有沒有聽錯？

黃芯婷要親自下廚？

黃芯婷？親自下廚？

「呃……」走進前庭，我的腳步越來越慢。可見蕾姆．蒂絲娜還不知道黃芯婷的廚藝爛到爆炸，煮出來的東西可以將食材變成毒藥。

「士仁Boy，怎麼了？看你臉色不太好呢。」

「我覺得……難得一起吃晚餐，不如我們三人一起下廚如何？」我試圖挽救局面，不讓事情發展到最糟糕的地步。

「不用。」黃芯婷走進玄關後，脫下那雙嬌小的娃娃鞋說：「全部交給我吧！」

「好，就交給姐姐了！」蕾姆．蒂絲娜笑得可開懷了。

進到屋內後，我再次感嘆真不愧是城堡等級的豪宅，門前的鞋櫃好比圖書館的書櫃，又大又華麗，散發出濃厚的檜木香味，上頭擺著琳瑯滿目、各式各樣的鞋款。

一座座充滿藝術氣息的雕像在前庭、樓梯口隨處可見，壁上還掛著價值連城的名畫，通往大廳的走廊上則鋪著華麗的紅毯……媽啊，我是不是來到貴族的城堡了？

「啊！」這時，走在前方的黃芯婷突然停下腳步。

她轉過身、低著頭，扭扭捏捏的問：「那個……今天的晚餐啊……」

「嗯？」

「能不能……順便幫我打包給阿姨……」低著頭的黃芯婷，臉頰似乎有些泛紅。

「噗哧！」她害臊的反應令我忍不住笑了出來，我笑說著：「當然可以啊。」

「嗯！」黃芯婷開心地抬起頭來，興奮的樣子完全寫在臉上。

她開心的模樣，完全將我鬱悶的心情一掃而空，還沒找到出口的答案、迷宮，全被她的笑容擊潰了。

算了吧，只要黃芯婷開心就好！

「哈哈，妳儘管大顯身手吧，再毒也毒不死我！」我開心大笑。

只見黃芯婷一拳痛毆在我的腹部，既害羞又惱怒的說：「才、才不毒呢，笨蛋！」

一旁的蕾姆．蒂絲娜也看得捧腹大笑。

肚子雖痛，但是很開心。

一種難以言喻的快樂，這樣子……

是不是人們口中的「幸福」呢？

藍士仁好可憐喔！

昨晚在黃芯婷家裡吃晚餐，好像一場美夢，將我囤積一整天的悲傷與難過一掃而空。

今天起了個大早，搭車到學校後，不同往常慵懶的步伐，即便睡眼惺忪、眼睛都沒完全睜開，我還是在走廊上快步，帶著一顆七上八下的心，直奔向我們的教室。

途中擦身而過的學生們和以往沒什麼兩樣，一副睡眠不足的神情，散漫地在走廊上徘徊，或者吃早餐、聊天，看似一如往常的日子，我的心卻還是無法平靜。

眼看教室就在前方，隨之腳步變得越來越急，彷彿只要打開門後，能看見她在空無一人的教室裡，語氣不屑也好、態度惡劣也罷，像平常一樣向我道聲早安……

這顆懸在半空中的心才能安然降落。

「碰！」

與其說是開門，不如說是撞門而入比較貼近。粗魯地推開門後，我氣喘吁吁地看著教室裡。

黃芯婷一副驚愕與不解的神情，又大又圓、水汪汪的眼睛直盯著我看，「發什麼瘋啊，做作男？」

昨天經歷了好漫長的煎熬與難過，終於在今天恢復正常。

「哈……哈哈！」即使她的態度惡劣，我還是忍不住笑了出來，然後開心地走向自己的座位，說：「早啊，暴力女。」

「誰、誰暴力啦！」黃芯婷氣鼓著臉，高舉起拳頭作勢要打。

放下書包後，我轉身看向黃芯婷。

兩人的座位，相隔的距離很短，只容得下我一條長腿，這樣擁擠的感覺，洋溢著隨時會因為說錯話而被黃芯婷痛毆的緊張。

無論上下課，只要輕聲細語就能讓對方聽見的距離，不知道從何時開始，我變得如此依賴黃芯婷。

只有在她面前，我，才是真正的我。

「謝謝妳原諒我，之前那些過分的話。」我說。

黃芯婷的臉頰起了紅暈，嘟起嘴，故作鎮定說道：「這、這有什麼好道謝的啊？知道你是無心的就好了……」

鬆了口氣似的，我不自覺笑出聲，說：「也多虧妳，我更認識了自己。」

「啊？」黃芯婷一臉困惑。

將老媽替黃芯婷準備的早餐拿出來、遞給黃芯婷後，接著我輕咳兩聲說：「我總以為自己是個高ＥＱ的完美男生，直到那天晚上說了那麼多過分的話後，懊惱使我徹夜未眠，才明白……我，藍士仁，其實是個幼稚又任性的傢伙。」

「總是能保持冷靜的我，原來只是因為不重視眼前的事物，而非真正的瀟灑。」

撩起瀏海，我想起那天晚上鏡中的自己，因為失控、憤怒而扭曲的臉孔，以及黃芯婷聽我說了那麼多過分的話後，那無法解讀、卻在我腦海裡揮之不去的神情。

「也許……我是說也許，妳對我來說……恐怕是十幾年來，唯一……重視的人……」

因為害臊的關係，我的話越說越小聲，講完後還不時偷看黃芯婷的表情。

會是既吃驚又開心呢？

還是捧腹大笑，叫我別開玩笑了？

「唔呵呵……」

「唔呵呵」？

我大感錯愕地看向黃芯婷，只見她完全沒聽進去我剛才所說的話，自顧自地吃著老媽親手做給她的培根三明治，一臉幸福的模樣。

「啊——阿姨的手藝真是太棒了，超好吃的耶！」黃芯婷一口接著一口，連美乃滋沾到了嘴角都渾然不知，像個小孩似的。

一旁的我也被這股單純的快樂打動，不自覺的揚著嘴角，傻笑地看著她。

「？」注意到了我曖昧的眼神，黃芯婷嘴裡塞滿了三明治，口齒不清的問：「看、看什麼看啊！」

「噗哧……」黃芯婷彆扭又害羞的模樣，害我忍不住笑了出來，ㄐ耶著直呼：「妳吃相很蠢耶！」

「碰！」

完全忘了兩人之間的距離不過幾公分，黃芯婷冷不防地一拳揍得我眼冒金星。

黃芯婷怪力的一拳不偏不倚落在我鼻梁上，那痛楚近乎令人昏歇，我卻一點也不感到生氣，反而因為和她的互動恢復到昔日那樣而感覺開心。

金星還在眼前轉啊轉，矇朧的意識中，我不自覺的去想……

黃芯婷不在時，我的心彷彿也空了個洞，做什麼都不起勁、看什麼都不順眼，行屍走肉的過了一整天，飽受煎熬與難過，就算有同學來和我討論戀愛遊戲的劇情，黃芯婷的身影仍是揮之不去，強硬霸占了我所有的思緒。

見到黃芯婷後，明明是丟臉的道歉，我卻樂意放下自尊向她低頭；明明被她痛扁的時候總是會看見過世已久的阿嬤在對岸招手，我卻依賴著黃芯婷那樣的暴力對待，一沒有被揍我便渾身不對勁。

會不會……其實我……是被虐狂？

「不、可、能！」

回過神來，已經是上課中。我突兀的怪叫一聲，吸引了班上所有人的注意，連講臺上的老師也是頭冒青筋地瞪著我。

「藍士仁同學，你倒是說說看為什麼不可能？」國文老師用粉筆敲打著黑板，發出「喀喀」的聲響來表達內心的不悅，接著說：「難道你質疑老師的專業嗎？」

「喔～不，老師您誤會了。」全班投射而來的目光，令我立刻戴上完美形象的面具，輕輕上揚著嘴角、微笑說道：「我是告訴芯婷，老師的翻譯不可能出錯，老師在國文領域的專業是不容質疑的。」

「我、我又沒……」揹黑鍋的黃芯婷錯愕地看向我。

趁著全班和老師的目光集中在黃芯婷身上，我不斷向她眨眼暗示，為了我完美的形象，只好讓她成為犧牲品了。

「黃芯婷從剛才就沒開口說話，是你在說謊吧，藍士仁同學。」這時，坐在前排的賴義豪突然講話了。

這傢伙擺明是跟我唱反調！該死的正義使者，假正經。

國文老師搖了搖頭，嘆氣道：「好了、好了，都快期末考了，你們專心聽課，不要想東想西，到時候成績不及格，暑假要來上輔導課，又何苦？」

語畢，老師拿起講義繼續上課。

我則鬆了口氣，向黃芯婷笑道：「哈~沒事就好，我的形象依舊完美啊。」

「沒事，哪裡沒事了？」黃芯婷皺眉。

「咦？」我困惑的問：「哪裡有事了?妳怎麼了嗎？」

「不是我，是你。」

「我？」

「碰！」

這個黃芯婷真要不得，怕痛扁我的動作之大，會吸引班上的目光，竟然用念力控制放在桌上的橡皮擦，像子彈似的衝撞我英俊的臉蛋。

又是一陣眼冒金星，痛得我差點發出慘叫，但為了我的完美形象，還是將痛楚強忍下來了。

「你幹嘛說謊誣賴黃芯婷？」

下課後，賴義豪很難得的主動向我搭話。顯然不是什麼好事。

對於賴義豪的質問，我有些錯愕，在一旁的黃芯婷也是不知所措。想不到那個書呆子假正經賴義豪，竟然會為了黃芯婷出氣，不惜犧牲下課K書的寶貴時間。

「呃……」我看著黃芯婷，心虛地說：「我只是在和芯婷開玩笑。」

「她不覺得好笑吧？」賴義豪一臉正經地瞪著我，彷彿要將我吃了一樣，直說：「況且上課也不該開玩笑，你甚至影響了班上所有人。」

這個賴義豪是吃了炸藥喔，凶巴巴的。

原本在走廊和座位上聊天的其他同學也因為賴義豪和我的騷動，紛紛靠過來圍觀，眾目睽睽之下，為了我完美的形象，當然不能在這裡和賴義豪吵起來。

「這樣啊，真的很抱歉呢，下次我會注意的。」我表現得十分誠懇，還內疚地低著頭。看見我可憐兮兮的模樣，圍觀的女同學們心生不捨，紛紛起鬨、替我護航。

「他們是青梅竹馬，開個玩笑又不會怎麼樣……」

「對呀，班長你幹嘛那麼嚴肅啊？」

「藍士仁好可憐喔！」

「男神不要在意啦，班長本來就這樣古板！」

「不要欺負男神啦！」

呵，這就是我辛苦建立完美形象的成果啊！

起鬨的女生們波濤洶湧的攻勢，排山倒海而來，教室裡是她們替我辯護的聲音，還有人責備賴義豪太多管閒事，聽得我都開始同情賴義豪了。

「好了好了，上課本來就不該開玩笑……是我不好，大家都別吵了。」即便內心暗爽得要命，我還是勸女生們停止起鬨的行為，也擔心事情越鬧越大。

賴義豪肯定不好受，追根究柢他也是為了替黃芯婷澄清，結果竟然被一群女生圍剿。

「如果有不開心，一定要告訴我，別憋在心裡。」賴義豪向黃芯婷說道。

他竟然完全無視那群圍剿他的女生，難道剛才那些無理取鬧的嘲諷，對賴義豪來說根本不痛不癢嗎？

太神啦——！

「哦……真的沒關係啦。」

被心儀的對象如此呵護，黃芯婷自然是開心了。她害羞地低著頭，不敢直視賴義豪的眼睛。也許對她來說，為自己挺身而出的賴義豪實在是太耀眼了，以至於害羞得不敢和他對上視線。

為什麼我會這麼說？

賴義豪為了正義挺身而出，完全不理會那些閒言閒語和嘲諷，此等情操多麼偉大，連我都感到羞愧，不敢直視賴義豪了。

上課鐘響，圍觀的同學們意興闌珊的散去，賴義豪也回到座位上拿起書本猛K。

我翹著二腳椅、身體靠近黃芯婷小聲的說：「其實……這是我為了拉近妳和賴義豪的感情所計畫好的。」

「喔。」黃芯婷一臉不屑地看著我，沒好氣的說：「我看你滿高興的啊，那麼多女生替你護航。」

「講話幹嘛酸溜溜的啦，這就是平常建立完美形象的成果啊！」

「呿！」黃芯婷不知道在生什麼氣，態度變得十分惡劣。

還以為她會因為賴義豪挺身而出的行為感到心花怒放呢！只能說女人心海底針，真搞不懂黃芯婷在想什麼耶！

這堂課還是國文課，老師走進教室、示意值日生上臺擦黑板，自己則拿起課本開始講課。從老師口中不斷朗誦的課文，就像催眠曲一樣，在耳邊纏繞，逐漸堆積我的睡意。

為了用功讀書的完美形象，我不能像黃芯婷一樣雙手放在桌上、趴著就睡，只能腰桿挺直在座位上硬撐，那些朗誦的課文彷彿無形間在我的眼皮上變成重量。

算起來，我和黃芯婷認識也很久了，之間發生了很多事情，也改變了很多，雖然兩人吵架過，最後還是和好了，一切恢復正常。

和昔日一樣無聊的課堂，睡意十足的我無意間看見賴義豪用功讀書的背影。

他，應該是改變最多的人了。

也許是前陣子經歷太多事情，導致我沒有察覺到異樣，如今的賴義豪變得相當積極，不但會主動和黃芯婷搭話，中午甚至找她一起吃午餐。

是從上次一起逛街之後改變的嗎？

臺上唸著課文的國文老師，看見趴在桌上睡覺的黃芯婷，臉色一變，直呼：「黃芯婷，接著唸下去。」

睡得可香甜的黃芯婷，怎麼可能知道課文唸到哪了，聽見老師的叫喚聲，她嚇得從座位上站了起來，拿著國文課本支支吾吾的，不知所措。

我在一旁竊笑，硬撐著沒讓自己睡著的我，當然知道老師的課文唸到哪一段啦！

黃芯婷拿課本遮著自己的臉，悄悄向我使了眼色，似乎是在求救；我揚起嘴角，露出奸詐的笑容。見狀，黃芯婷咬著下唇，惡狠狠地瞪了我一眼。

正當我鬧夠了黃芯婷，準備告訴她課文唸到哪一段時，坐在前面的賴義豪忽然唸出課文，全班和老師無不露出錯愕且吃驚的表情。

不等賴義豪唸完課文，臉色不悅老師的直問：「賴義豪，我又沒有叫你唸。」

「老師，快下課了，這樣子拖時間根本上不完這個章節。」賴義豪面無表情的說，氣勢之強，完全將老師的威嚴壓了下去。

老師轉頭看了一眼牆上的時鐘，無可奈何的說：「好吧，接下來……」

黃芯婷鬆了口氣，坐下後還不忘復仇，朝我臉頰揮了一拳。

臉頰紅腫發麻我卻毫不在意，反而是困惑地看著賴義豪的背影，內心五味雜陳，原本打算替黃芯婷解圍，想不到竟然被賴義豪搶先了一步。

搞什麼啊！

賴義豪真的喜歡上了黃芯婷嗎？

那他們兩個人根本就是兩情相悅，還需要我幹嘛呢？

等下課後，我得找黃芯婷講個清楚，如果她和賴義豪真的是兩情相悅，就趕快在一起吧！省得我像個傻瓜一樣，在兩人之間打轉。

為了他們的戀情我可是費盡心思，又何必這樣折磨我？

搞得我心情百般複雜，既是納悶又是困惑。

老師收拾講義後便離開教室，男生們多是利用下課時間跑去操場打籃球，女生們則在教室裡圍成一圈圈不同的小團體，高談闊論明星或是學長們的八卦。

輕輕搖醒又趴在桌上的黃芯婷，只見她睡眼惺忪的問：「咦，下課了唷？」

「對啊。」我答道，正思考著該怎麼和黃芯婷討論賴義豪的轉變。

「糟了，剛才上課的內容我都沒有聽到耶！」黃芯婷從惺忪的睡意中驚醒，不知所措地看著我。

期末考就快到了，每堂課老師所講的內容都可能成為考題。

「沒關係，我有事想跟妳講……」

「哪裡沒關係？這是剛才上課的重點和筆記，妳拿去抄一下。」賴義豪走到黃芯婷的座位旁，遞上寫得密密麻麻的課本，每個段落都有重點整理且字跡工整，看起來就像期末考必備的秘笈。

我瞠目結舌地看著賴義豪。

黃芯婷開心的道謝後，接受了賴義豪的好意。

「期末考就快到了，每堂課老師所講的內容都可能成為考題。」賴義豪說。

……居然把我剛才想的搶先講了出來。

「謝……謝謝你！」臉頰泛紅的黃芯婷，將賴義豪的課本抱在胸前，好像得到什麼傳奇秘寶似的，春心蕩漾。

我錯愕的站在兩人之間，啞然無語，這種突如其來的溫馨氛圍是怎麼回事？

剛才是不是有反恐部隊什麼的，偷偷扔了閃光彈進來啊？

為什麼會出現如此強烈的光芒，刺得我睜不開眼，完全無法直視兩人。

「呃……咳！」我刻意咳了兩聲，吸引黃芯婷的注意。

「那個黃芯婷，我有事想跟妳說……」

「什麼事？」黃芯婷轉頭面向我，眼睛還閃爍著備受呵護的喜悅。

不知道為什麼，看見黃芯婷因為賴義豪而如此開心的模樣，我覺得格外刺眼，內心很不是滋味，一股莫名的憤怒不停湧出。

只不過是一本寫滿筆記的課本啊，有什麼好開心的？

雖然字跡沒有那麼工整，至少我也抄足了老師上課所講的重點，要筆記我也有啊！但我敢說，黃芯婷拿到我給的筆記，也不可能像現在這樣心花怒放。

我強壓著內心莫名興起的怒火，表情嚴肅的說：「事情還滿複雜的，我希望能跟妳單獨談談。」

「剛才上課的內容有些部分是筆記沒辦法詮釋完整的。」賴義豪無視我的存在，對著黃芯婷直說：「不如利用下課時間，我先告訴妳個大概吧？」

「咦？啊！」黃芯婷不知所措地看向我。

這有什麼好困擾的嗎？

明明就是我先和黃芯婷說有事情要一起討論的，賴義豪來插什麼花？

看著黃芯婷游移不定的樣子，內心的那股怒火燒得更旺了，我悄悄地咬緊牙關，不讓自己失去理智，即便現在真的很想一拳揍在賴義豪臉上，不過君子動口不動手，我不是那麼沒風度的人。

假如我現在失去理智出手了，鐵定會造成重傷。

而重傷的人——就是我。

畢竟黃芯婷會超能力，賴義豪則是跆拳道三段，我只會玩戀愛遊戲。

稍微恢復冷靜後，我吐了口濁氣，好聲好氣的說：「黃芯婷，我要討論的事情很重要，有關妳找我幫忙的那件事。」

暗示的這麼明顯，黃芯婷應該知道是在說有關賴義豪的事情吧？況且，身為校園偶像的我，都這麼好聲好氣的請求了，黃芯婷總不會狠心拒絕吧！

「這個詞雖然平常是動詞，有時候會是副詞，考試很容易出陷阱題，要多加注意。」賴義豪指著筆記解釋道。

「哦哦！」黃芯婷露出恍然大悟的神情。

竟然直接將我扔在一旁——太過分了吧！

我氣得渾身顫抖，咬牙切齒地看著兩人在座位上讀書的樣子，這個黃芯婷也太見色忘友了吧？都說是重要的事情了，竟然還無動於衷！

當我既無奈又憤怒的時候，賴義豪突然轉頭看向我，火冒三丈的我也顧不得形象，對著賴義豪擺出一張臭臉。

只見那個老是面無表情的賴義豪，忽然揚起嘴角、露出獲勝般令人厭惡的笑容。

故意的，賴義豪那個傢伙絕對是故意的！

「呵呵……呵呵呵……」

站在原地思考了一會，憤怒與無奈頓時消失得無影無蹤，取而代之的是高昂的鬥志！我手抓著臉，發出大魔王般誇張的笑聲：「哈哈哈，原來如此！」

黃芯婷轉過頭，神情錯愕的看著我，賴義豪則無視我荒謬的舉動，繼續在黃芯婷耳邊教書。

我懂了，賴義豪在挑釁我，他想挑戰我身為戀愛遊戲達人的實力，所以不斷的和我唱反調、找碴，甚至不惜犧牲下課時間。

有趣，就來比比看，看誰能讓黃芯婷的好感度上升到MAX吧！

賭上戀愛遊戲達人的自尊，我是絕對不會輸給一個平頭書呆子的！

○●○●○●○

上課鐘響，這節是學期裡最乏味的歷史課，老師站在講臺上像誦經般，照著課本唸出的內容彷彿摻雜了強效安眠藥，國文老師與他比起來根本是小巫見大巫。

除了假正經的賴義豪，前排的同學們早已趴在桌上睡成一片，連死愛面子的我也快抵擋不住濃厚的睡意，此時在眼前的桌子就好像一張頂級的水床般誘人。

轉頭看向黃芯婷，難得她聚精會神的在——發呆。

可能是上一堂課她睡得太飽了，所以現在精神百倍，面對乏味的歷史課竟然完全不會打瞌睡。

想到這裡，我突然精神一振，戀愛遊戲之校園篇，少說也玩過千百種，身為達人的我怎麼可能錯過這種好機會呢？

越是無聊的課程，越能製造機會產生好感。

偷偷地撕下課本空白處的一小角，我在上面寫「歷史課好無聊，妳猜猜我在幹嘛？」。寫完後，將紙張折成可愛的六角形，好像星星似的。

沒錯，這就是女生們最愛的互傳紙條遊戲。

趁著老師不注意，我趕緊將紙條扔向黃芯婷。

六角形的星星紙條飛向黃芯婷，不偏不倚地落在她桌上。拿起紙條，黃芯婷皺著眉看向我。

我用食指壓在嘴唇上發出「噓——」的聲音，然後雙手動作示意黃芯婷打開紙條。

黃芯婷一臉不耐煩，小聲的問：「幹嘛不直接用講的？」

我故作慌張，再次將食指伸到嘴巴前：「噓——！」

黃芯婷嘟著嘴，困惑地搖了搖頭，最後照著我的意思去做，將紙條打開。

看了上面的字之後，黃芯婷面無表情地看著我，低聲的說：「沒興趣知道。」

「…………」

這個女人是怎樣，也太難相處了吧？

對於黃芯婷的冷淡態度，我絲毫不退縮，再撕下課本上空白處的一角，寫道：「我在想妳。」

依照我戀愛遊戲的豐富經驗，女生最喜歡的就是上課傳紙條加上一些曖昧的字句。小動作大體驗，上課絕對是禁止傳紙條的，也因此傳紙條給人一種刺激的感覺。加上裡頭那些曖昧的字句，更是不可告人的秘密，如果不慎被老師抓到，紙條內容極有可能公諸於世，更為傳紙條遊戲添加了大大的刺激感。

我將寫了曖昧字句的紙條折好後，扔向黃芯婷。這次黃芯婷沒有困惑，反而是不耐煩地將紙條打開。

雖然是為了提升好感度，不過我也滿好奇黃芯婷看見那段話會有什麼樣的反應。

害羞呢？

還是傻笑？

畢竟我是校園偶像，寫出這麼曖昧的字句，任哪個女生收到都會開心的吧！

「嘶——」

一聲清脆的撕裂聲傳入耳內，只見黃芯婷面無表情地將紙條撕成一片片。

好吧，看來黃芯婷是不吃傳紙條遊戲這套。

我正納悶著，這時老師背對著全班在黑板上寫字，賴義豪突然轉過身來，像棒球投手般，朝黃芯婷扔出揉成一小團的紙。

「學屁啊，沒創意。」我嗤之以鼻道。竟然還把紙條揉得像是垃圾一樣，一點美感都沒有。

沒用的啦，黃芯婷根本不吃這套。

接到賴義豪傳的紙條後，黃芯婷兩眼張得老大，不解地看著賴義豪。賴義豪則做出和我剛才差不多的動作，示意黃芯婷打開紙條。

「噗哧！」黃芯婷突兀地笑了一聲，趴在桌上抽搐。

見狀，我真是百思不解，那個正經八百的賴義豪能寫出什麼好笑的事情？黃芯婷竟然會笑得趴在桌上顫抖，有沒有這麼誇張？

好奇心使然，我低聲地問：「是什麼那麼好笑啊？」

黃芯婷強忍笑意，支支吾吾的說：「賴義豪說……老師剛剛把歷史的年份搞錯了，一九六二年講成一九六四年……噗噗……呵呵！」

「呵呵。」我乾笑。

你他媽這有什麼好笑的啊————！！！

很明顯的我和賴義豪這一回合以平手收場。

乏味的歷史課結束後，教室內恢復熱絡的氣氛，七嘴八舌的，女生們聊天、男生們打鬧嬉戲，活力十足。

下課後，賴義豪很主動的向黃芯婷搭話。

「要不要陪我幫老師拿課本到教職員辦公室？」賴義豪抱著一疊厚重的歷史教科書向黃芯婷問道。

呵呵，賴義豪啊賴義豪，你這招不錯，只可惜……教職員辦公室裡全都是老師，氣氛相當嚴肅，學生進去鐵定是綁手綁腳的非常不自在。

況且，搬著那麼重的教科書去無聊的地方幹什麼呢？

如果要利用下課時間一起做些什麼事來產生好感，當然是要選體貼女生的事情啊！

「去辦公室那麼無聊，走，黃芯婷！」我從座位上站了起來。

「去哪？」

「我陪妳去上廁所！」我說。

只見黃芯婷忽然滿臉通紅，惱羞成怒地甩了我一巴掌，直呼：「誰、誰要你陪我去上廁所啦，變態！」

呃？

女生們不是都會利用下課時間手牽手去上廁所嗎？

「到了辦公室後，還可以順便問老師剛才沒有聽清楚的地方。」賴義豪說。

「嗯嗯。」黃芯婷將另外一疊厚重的教科書搬起，尾隨賴義豪和歷史老師離開教室。留下臉頰上滾燙的手掌印和錯愕的我。

這是什麼情況？

賴義豪如此無聊的要求，黃芯婷都欣然答應，我這麼體貼要陪黃芯婷去上廁所，竟然被賞了一巴掌？

「不錯……」我哈哈大笑，然後自言自語道：「真是棘手的對手，看來這回合又是平手了！」

眼看就要放學了，還有什麼方法能分出勝負嗎？

果然只剩下……絕招了吧。

最後一堂課，賴義豪沒有什麼動作，很專心的在聽課，我則思考著放學後該如何使出大絕招，令黃芯婷產生絕對的好感。

因為馬上就要放學了，同學們按捺不住雀躍的心情，幾乎所有人都沒有在聽課，多是討論著放學後要去哪裡之類的話題。

平常我也和大家沒什麼兩樣，今天卻異常冷靜，等待放學的那一刻。

班上七嘴八舌的吵雜聲沒有影響到我，在耳邊徘徊卻逐漸變得小聲，好像抽離了一樣，產生距離感。

我眼睛直視著講臺，老師上課的身影左右搖晃，而我真正的思緒卻沉浸在心底的迷宮之中。

當初，我明明答應黃芯婷要幫助她追求賴義豪，將他們湊成一對。

為什麼，現在的我卻相當排斥？

賴義豪喜歡上黃芯婷，變得主動是件好事，他們兩情相悅，遲早會在一起。

為什麼，我會覺得如此不甘心？

○●○●○●○

時間終於還是來到了放學時間，鐘聲響遍整個校園，同學們揹著書包，三五成群的離開教室。

火紅的夕陽正巧來到窗外，空中是鳥兒歸巢振翅的身影，樓下密密麻麻的人興奮地衝出校門，還有交通隊吹著哨，帶領校車駛出校園。

教室內只剩下我和黃芯婷，及兩人拖長交叉的影子。

窗外的夕陽如此之美，此時正是使出大絕招的最佳時機，想必能令黃芯婷產生好感。

「黃芯婷。」我走向黃芯婷，神情嚴肅。

「幹嘛？做作男你最近真的很奇怪耶！」黃芯婷將書包拎在背後，因為我要她放學留下來而感到不耐煩。

突然，我將兩隻手搭在她的肩膀上，黃芯婷嚇了一大跳，神情錯愕地看著我。

「其、其實我喜……」

明明只是為了博得好感而演的戲，手心卻冒滿了汗，那句不知道對多少女生說過的話，卻梗在喉嚨說不出來。

為了完美形象可以撒下各種天大的謊言，厚臉皮的我竟然在這個時候退縮了。

這是為什麼？

我抓著黃芯婷肩膀的雙手不停顫抖，緊張得說不出話來。

「做……做作男，你要幹嘛！」黃芯婷也因為我大膽的動作而不知所措，得趁她在恢復冷靜之前說出口。

「其實我、我……我喜……喜喜喜……」

「……」黃芯婷的臉頰變得滾燙，試圖想掙脫我的手。

這只是演戲、只是演戲、只是演戲而已，不是真心話，不必擔心說出口會破壞兩人之間的關係，不必擔心我會失去什麼。

沒錯，只是演戲，為了博得好感。

沒錯，就算她不答應，我們還是朋友。

「其實我喜——洗跟妳一樣牌子的沐浴乳喔，想不到吧？哈哈哈！」

「………」黃芯婷緊張的樣子，瞬間變得面無表情。

「………」我也無言地看著黃芯婷，終究是沒辦法說出口。

「我知道了。」黃芯婷甜美一笑。

「啊？」

「我會把沐浴乳換成其他的牌子。」

「不是啦——」我抱頭大叫：「我不是這個意思啦！」

「幹嘛啦！」黃芯婷不耐煩地雙手叉腰。

「就是……」

教室前門突然被人打開，只見本該趕去補習班上課的賴義豪從前門走進。

這個程咬金，真的有夠煩人耶！

「沒事……」我又縮回去了。

「神經病，笨蛋！」黃芯婷沒好氣的罵道，拎著書包走出教室。

只見賴義豪面無表情地看著我，我也臭著一張臉。

「你都聽到了？」我問。

「嗯。」賴義豪點頭。

這個偷聽別人講話的小人，真卑鄙。

「怎樣？」

賴義豪手掩著嘴，小聲的問：「所以……她是洗什麼牌子的沐浴乳？」

「我才不告訴你咧！」

「喔。」

失敗了，結果還是平手收場，賴義豪這個殺千刀的程咬金，真的有夠討厭。

如果不是他及時出現，我應該已經說出來了吧？

為什麼那麼簡單的一句話，偏偏對黃芯婷會說不出口？

「啊～～～氣死我了！」走在回家路上，我歇斯底里的鬼吼鬼叫。

不僅沒有博得好感，還沒搭到回家的校車，甚至和壓根沒玩過戀愛遊戲的賴義豪鬥成平手，身為戀愛遊戲達人的我，真是顏面掃地。

「嘟嘟嘟——」

已經夠煩躁了，還有人傳簡訊給我，真不會挑時間，我才懶得去看簡訊內容。

而且大概也猜得到，應該又是廣告訊息吧？

繼續走在回家路上。

最近真的很背，搞不好是犯太歲，整個心情都被打亂了，光是想到黃芯婷和賴義豪，我就變得十分煩躁和納悶。

這時手機突然從口袋裡飛了出來，像是中邪似的衝撞我英俊的臉。

「哇啊！」

我怪叫一聲，跌坐在地上。

手機摔落地面，發亮的螢幕上顯示著一封未讀的簡訊，寄件者竟然是黃芯婷。

「這個濫用超能力的暴力女，這麼遠都能用念力霸凌我？」我碎唸道，將手機撿起。

只見簡訊上的內容寫道：「賴義豪這個禮拜日找我去遊樂園玩耶！」

「找妳去玩就去啊，幹嘛傳簡訊給我？」

我不明白黃芯婷傳簡訊的動機。

更不明白——為什麼看到這封簡訊時，我的心會那麼的酸、那麼的難過？

嗯，跟賴義豪去遊樂園，然後呢？

「我說啊……為什麼難得假日，卻非得陪妳出來買衣服不可呢？」

「少、少囉唆啦，你不是戀愛遊戲達人嗎？基本的審美觀應該有吧。」

黃芯婷身穿卡通圖案的T恤及裸露大腿的超短牛仔褲，相當簡單的搭配，給人一種俏皮、可愛的感覺。

若不是黃芯婷天生麗質、四肢纖細，還有一張外國洋娃娃般的甜美臉孔，為她的魅力添加了不少分數，單憑服裝特色而言，是稍嫌普通了點。

看著手機螢幕上顯示的時間才早上十點，我碎唸道：「嘖嘖，今天原本打算睡到下午的耶……」

○●○●○●○

今天早上大約七點左右，太陽公公還沒完全醒來，只輕輕將溫暖的晨曦灑向大地，那時的我睡得正香甜，柔和的陽光頑皮地趴在棉被上，在冬天的早晨更令人感到溫暖、舒服，窗外麻雀高歌著牠們的交響曲，好像輕音樂滋潤了濃厚的睡意。

03嗯，跟賴義豪去遊樂園，然後呢？

睡眼惺忪、模糊的視線中，我看見麻雀從窗外飛入，淘氣地站在棉被上。現今社會處處高樓林立，是否連麻雀都羨慕我能在喧囂的城市中，睡得如此香甜呢？

麻雀在我身上跳啊跳的，好像想叫醒貪睡的我，不過，那點重量絲毫不影響睡眠品質。慵懶地打了個哈欠，濃厚的睡意再次帶領我進入夢鄉。

「大力點，你這樣根本叫不醒我喔……」我閉著眼，打趣的和麻雀說道。

「咚！」

一聲悶響隨著令人驚醒的疼痛傳遍全身，我驚愕大叫：「哇啊——好痛！」

還想說是哪來的麻雀這麼肥，居然能把我弄醒，只見身上坐著一名金色長髮及腰、身材嬌小、四肢纖細的混血美少女，那雙深幽如潭、翠綠色的眼眸直盯著我看，好像要把我吃了似的，氣勢凌人。

「都幾點了你還在睡！」黃芯婷沒好氣的說，對於擾人清夢一事，絲毫不感到愧疚。

我抬頭看了鬧鐘一眼，五官擠在一起，百般無奈說道：「小姐，現在才七點啊，怎麼講得好像下午兩點似的？」

「有為青年在這個時間早就起床了啦！」黃芯婷強辯著，壓在我身上扭動她嬌小的身體，搖啊搖、晃啊晃，非把我吵醒不可。

「好，我懂了。」打了個大大的哈欠，我伸出手阻止黃芯婷繼續在身上蠕動，被她晃到整個人快吐了。

黃芯婷露出開心的笑容，直呼：「耶，你要起床了嗎？」

「沒，我不是有為青年，所以我要繼續睡。」

我硬將棉被扯到頭上來，壓在我身上的黃芯婷則因為重心不穩而向後翻了一圈，險些跌下床。

趁著睡意還沒有完全消失，我窩在灰暗的棉被裡，試圖讓自己重返夢鄉。這時，耳邊隱約傳來黃芯婷低沉的聲音：「做作男……」

不理會黃芯婷三番兩次的叫喚，我刻意發出大大的打鼾聲，假裝自己已經睡著了。

「你知道以我的力氣，電腦主機什麼的……一拳就能打爆嗎？」

彷彿屁股著了火，我將棉被掀開、從床上彈了起來，站在黃芯婷面前做著體操，精神抖擻的說：「一、二、一、二，我已經起床啦，假日的早晨令人感到活力充沛啊！」

「嗯！」黃芯婷笑瞇著眼睛，模樣十分可愛——個屁！

這個擾人清夢的惡魔，現在哪有年輕人在假日早起啊？為了排除上課一個禮拜所累積的疲憊，在假日睡到下午是基本常識好嗎？

坐在床邊，我伸手搥了搥肩膀，不自覺的嘆了口氣。

「好了，真的被吵醒了，這下子妳滿意了吧？」

「什麼滿不滿意啊，平常上課也都這麼早起床的，不是嗎？」黃芯婷嘟著嘴。

「今天是週末假日耶！」

「我假日也這麼早起床啊！」

「妳這麼早起床幹嘛啊？」難不成是去公園打太極拳嗎？

黃芯婷盯著我，理直氣壯的說：「去公園打太極拳啊。」

還真的是去公園打太極拳啊！！！妳到底是十七歲的高一少女，還是七十歲的高齡老人啊！

「所以，妳一大早跑來叫醒我，到底有什麼事？」

「禮拜日啊，我不是要跟跟跟跟……」黃芯婷話說到一半突然結巴，支支吾吾了老半天都說不出話來，臉頰倒是越來越紅。

我面無表情地看著她，冷冷的說：「嗯，跟賴義豪去遊樂園，然後呢？」

「就——」黃芯婷大力拍了拍泛紅的臉頰，直說：「我想利用今天去買一些衣服！」

「哦~為了約會精心打扮啊，不錯喔。」我冷笑著。

黃芯婷害羞地手捧著臉，嬌滴滴的說：「所、所以，我想要你陪我去挑衣服……畢竟你這麼做作，對時尚和服裝方面一定也有研究。」

「我是有一點研究沒錯啦，畢竟佛要金裝、人要衣裝，穿對衣服給別人的印象也會大大加分。」我點了點頭，黃芯婷對於形象這塊終於有點開竅了。

「那你要陪我去買衣服嗎？」黃芯婷興奮得眼睛發亮。

「看妳的態度囉？」我冷笑一聲。

只見黃芯婷嘟著嘴，蠕動她嬌小的身體，彆扭地說：「拜託陪我去啦……不然我會想一拳打死你耶。」

嗯，這麼惡劣的拜託我還是第一次碰到。

如果認為我會輕易地屈服於惡勢力，那就大錯特錯啦！

「這間店不錯，我想進去看看！」黃芯婷。

「嗯，好。」我面無表情地跟著黃芯婷走進女裝店。

原本打算帶黃芯婷到桃園火車站附近的百貨公司挑選衣服，不過她嫌百貨公司的衣服太貴，堅持到中壢火車站前方的商圈逛。我想了一會，反正衣服也不是我在穿，於是答應了她。

順帶一提，我家位於桃園和中壢的中間處，搭公車只要幾分鐘的時間就能到達，而桃園火車站到中壢火車站也只需幾分鐘的時間，非常便利。

最大的差異就是，桃園的百貨公司較多，中壢則是攤販、服飾店面居多。

明明是住豪宅的千金大小姐，還會嫌衣服貴，想騙誰啊？

事到如今還想裝純樸，已經來不及啦——呵呵！

「這件怎麼樣！」黃芯婷將白色點點的黑色毛衣掛在身上，興奮問道。

姑且不提黃芯婷那張明星般標緻的臉蛋，自然是穿什麼衣服都好看了，只不過她本人似乎忘了一件很重要的事情，也就是——身高。

她手上拿著的那件毛衣版型較長，以一般女生的身高來說，穿上後會在大腿附近的位置，而身高約一四五公分的黃芯婷，穿上那件毛衣會直接變成連身裙，能看嗎？

「這件不錯啦，但是不適合妳。」我不忍心告訴她殘酷的真相，只好婉轉地說。

黃芯婷聽到之後嘟起嘴，一副不甘願的模樣：「為什麼不適合我？我看很多女生都這樣穿耶！」

那妳怎麼不看看她們的身高啊！

「呃，這個嘛……」還真的被黃芯婷考倒了，我眼神飄忽不定，不敢直視著她。

一間小小的女裝店裡，客人來來往往，還有成雙成對的情侶，固執如黃芯婷，也不顧周遭路人的目光，堅持問個水落石出。

告訴她真相又太傷人了，我猶豫一會，還是不知道該怎麼唬弄過去。

「唔，好吧，算了！」

「咦？」我大吃一驚，這個黃芯婷怎麼突然變老實了。

「畢竟是我找你來幫忙挑衣服的，想必你有更好的提議才這樣說的吧。」黃芯婷碎唸

道，不甘不願的將那件白色點點的毛衣掛回架上。

「嗯，沒錯。」我點頭附和。

「哇塞，好酷喔——」好像看見什麼新奇的衣服，黃芯婷驚呼一聲，又蹦又跳地拿著一件黑色皮革外套走向我。

「嘿嘿，怎麼樣？」黃芯婷將那件外套搭在自己身上。

我實在不敢置信自己的眼睛究竟看到了什麼，黑色皮革外套是沒什麼大不了的，但是黃芯婷拿的並不是一件普通的黑色皮革外套啊！

又寬又大的墊肩上布滿了白色尖銳的刺，外套背後還繡著令人毛骨悚然的骷髏頭，甚至還叼著菸，十足的龐克風格——這種外套我只有在外國片裡看到，多是騎著哈雷機車的飆車族在穿，給人一種狂野而且不敢招惹的感覺。

我強忍著笑意，對於黃芯婷的服裝品味實在不敢指望。

「噗、噗哧……妳是認真的嗎？」

「對啊！」黃芯婷歪著頭，竟然還想試穿看看手中那件霸氣十足的皮革外套。

能想像明天在遊樂園，賴義豪看見黃芯婷穿著龐克外套的模樣有多驚愕了，哈哈哈！

怎麼會有女生想在約會的時候穿這種鬼外套啊，我的天！

「好可愛喔！」

突兀的驚呼聲，我還以為是黃芯婷又找到了什麼詭異的衣服，回神過來一看，才發現周遭圍著不少路人全都盯著我們猛瞧，交頭接耳的，令人不知所措。

黃芯婷在一旁低著頭，滿臉通紅，對於這種情況她也不知道該如何是好，我也還沒反應過來究竟發生了什麼事，為什麼這些路人要圍著我們看？

站得最靠近我們的一名少女表情雀躍地走向我們，直呼：「你們是情侶嗎？反差萌好可愛喔！」

「情、情侶什麼的，才不……」黃芯婷想否認，卻因為圍觀的路人甚多，眾目睽睽之下，她連抬起頭的勇氣都沒有。

「謝謝，我女友個性內向、容易害羞，這樣圍觀她會很不自在的。」我擺出做作的迷人笑容，溫柔地說。

「呀～～好帥啊！」

「迷、迷死人了！」

「男神！」

圍觀的少女們也不管是否有男伴在場，一個個興奮得尖叫，原本想敷衍一下打發這群人，想不到竟然造成了反效果，女生們尖叫的聲音更吸引了其他路人的注意。

「好可愛的小妹妹喔！」

「這是混血兒嗎？」

「萌——萌——哈嘶、哈嘶！」

就連在附近電玩店、動漫店逗留的宅男們也被這場騷動吸引了過來，他們一見身高不及一百五十公分、臉蛋甜美、四肢纖細、眼眸翠綠水汪的黃芯婷便情不自禁，甚至發出狼嚎聲，不停喘氣的模樣十分嚇人。

飽受驚嚇的黃芯婷害怕地躲到了我的背後。

「到、到底是怎麼回事啊，做作男？」黃芯婷不知所措的問。

「問得好。」我喬了個完美的四十五度角，揚起右邊的嘴角，露出帥氣中帶點邪惡的笑容。

黃芯婷一臉茫然地看著我。

我依舊維持著帥氣中帶點邪惡的笑容，直呼：「我也不知道。」

「吼，你真的很沒用耶！」黃芯婷皺著眉，沒好氣的說。

「請問能跟你們拍張照嗎？」那位不斷跳針說「好可愛喔！」的女路人拿著手機走向我們。

黃芯婷望著我，雖然動作不大，但我還算看得出來——她正在搖頭，表示不想與陌生人合照。

我向黃芯婷點頭，低聲的說：「我明白了。」

黃芯婷這才鬆了口氣，露出微笑。

「OK，我們來合照吧！」我笑道，爽快答應了女路人的要求。

黃芯婷跳到我的身上來、雙手緊掐著我的脖子，惡狠狠的問：「你明白什麼，你到底明白了什麼？」

「別擔心啦，拍完照他們就會離開了！」

「哼，最好是這樣。」

黃芯婷忿忿不平的站在我身旁，表情十分不甘願，我也笑得有點尷尬，毫不介意的女路人則用手機與我們合照一張，周遭圍觀的路人也紛紛拿起手機狂拍。

已經從不知所措變得煩燥的黃芯婷，眉間緊鎖，額頭上的青筋也越來越多，看情況越演越烈，再這樣下去遲早變得一發不可收拾。

最糟糕的情況，大概就是黃芯婷超能力爆發，將這群圍觀的路人全部轟到臺南去。

「謝謝各位，不過我們是來逛街的，這樣子會造成我們的困擾。」我伸手遮著黃芯婷，不讓圍觀的路人繼續用手機拍她。

「請、請讓我跟她拍一張就好，可以嗎？」

這時，一名體型較胖的男子從圍觀的路人中擠出一條路，手裡還拿著動漫店購物滿三千元所送的限量周邊手提袋。

不經意的瞥見胖男子手提袋裡的商品，全是戀愛遊戲限量的周邊精品、海報等，看得我是既羨慕又嫉妒，其中還有一個戀愛花園系列，女主角七頭身絕版模型。

嫉妒使人醜陋，不過我這麼帥，醜一點倒也無所謂。

「不行喔，我們要離開了。」我笑得溫柔，語氣卻十分堅決，反對這個胖男子和黃芯婷合照。

「拜、拜託，一張就好！」胖男子突然發狂似的抱住了我的大腿，直呼：「她實在很像《綻放的粉櫻花》裡面的女主角——緒子啊！」

喔，《綻放的粉櫻花》是一部百合戀愛遊戲，我有玩過，內容還不錯，沒有太多刺激的場面，倒是充滿了校園青澀的戀愛。

難度不高，我大概兩個小時就全破了。這麼說來，黃芯婷是滿像遊戲裡的女主角沒錯，同樣身材嬌小、長髮及腰、臉蛋甜美可愛，唯一不同的是——黃芯婷會超能力，而且本性非常惡劣。

「不好意思。」我微笑拒絕，正準備帶著不知所措的黃芯婷離開。

胖男子忽然怪叫一聲，抓狂地撲向黃芯婷！見狀，我趕緊牽起黃芯婷的手將她拉開，胖男子動作之大，險些撞到我身上，所幸我反應之快、縱身一閃，令胖男子撲了個空，像顆肉球般重重的摔在地上。

「快走啊，還發什麼呆！」我向錯愕的黃芯婷喊道。

「嗄——等、等等！」

不理會黃芯婷的叫喊，我牽著她的手快步衝出人群，圍觀的路人們緊追在後，不斷喊

道：「別走啊！」、「我也想合照！」、「至少留個臉書吧！」

所幸中壢火車站前的商圈我也逛過不少次，知道許多羊腸小徑，不費吹灰之力，便將那群緊追在後的狂熱路人甩得老遠。

狂奔了幾段路後，我和黃芯婷氣喘如牛，手撐著膝蓋不停喘氣。

「呼……終於將他們給甩開了。」我擦去臉上的汗珠。

黃芯婷則面紅耳赤，表情十分複雜地瞪著我。

「幹嘛？」我感到困惑。

只見黃芯婷那雙水汪的大眼直盯著我，氣呼呼的說：「誰、誰說我是你女朋友了？幹嘛亂講話啊！」

「笨！」我搖頭嘆了口氣。

「怎樣啦！」黃芯婷惱羞成怒，舉起拳頭作勢要打。

「妳想想，如果我不這樣講，後果會怎麼樣？」我伸手擋住黃芯婷的拳頭，正經八百地說：「假使他們知道妳沒有男朋友，就會給他們產生一種還有機會的感覺，如此一來，剛才那群圍著妳的男人們就會變得更加瘋狂。」

「……好、好像是這樣。」黃芯婷覺得言之有理，這才慢慢放下拳頭。

「對吧！」我鬆了口氣，接著說：「如果他們變得更加積極，我又不是妳的男朋友，到時候該怎麼阻止他們？」

「哦……」無法反駁的黃芯婷低下頭。

我看著她流水般輕盈的金色長髮間露出的耳朵，紅通通的，想必十分害羞，畢竟剛才的情況也許是她有生以來第一次碰上吧。

「那、那你也不必牽著我的手啊！」黃芯婷又想到什麼似的，突然對我鬼吼。

我失笑，直呼：「妳剛才像個木頭人一樣呆站在那邊，我不拉著妳跑，難道要自己先跑嗎？」

「你敢？」黃芯婷兩眼瞪得老大，想用那張可愛臉蛋做出凶狠的表情。

「是是是，不敢、不敢。」我無奈笑著。當然不敢啊，若是我先跑了，那群圍觀的路人恐怕性命難保。

「在那邊！」

就在這時，一聲突兀的吶喊傳進小巷，驚動了我和黃芯婷。

「哇靠，竟然被他們發現了？」還以為又是那群狂熱的路人，轉頭一看，竟然全是穿著黑色西裝、長相凶神惡煞的高大男子。

「咦？」黃芯婷錯愕地看向我。

我也是目瞪口呆，完全不知道現在是什麼情況。

「總之快跑吧！」我趕緊說道。那群身穿黑西裝的男人們殺氣騰騰，鐵定不是什麼好東西，唯一能聯想的就是「綁架」了。

想不到連出來逛個街，也因為長相太出色而碰上綁架，老天啊，我長得帥，也不必這樣對我吧？

「妳先跑好了，我來分散他們注意力！」我推了黃芯婷一下，語重心長地說：「他們的目標應該是我，畢竟我長得太帥了。」

而且就算被他們抓到，應該也只是被強迫和經紀公司簽約，當模特兒或是男演員之類的吧？

該不會要裸體寫真集？我還沒有心理準備耶！

「男的不用管，殺掉也可以！」黑西裝男子成群結隊衝了上來，邊喊：「抓住那個金髮的女孩！」

「我看，還是一起跑好了。」我向黃芯婷說道。

只見黃芯婷噗哧笑了一聲。不錯啊，這個時候還笑得出來。

「我用瞬間移動把你送走，這群人恐怕就是蕾姆在找的人。」黃芯婷說道，顯然沒有打算逃跑。

見狀，我有些惱怒。

「蕾姆小姐是特務，妳只是個有超能力的學生而已。」我拉住黃芯婷的手臂，試圖將她帶走。

「笨、笨蛋，你不用擔心我啦——」黃芯婷臉頰泛紅，明明在害羞，卻故作鎮定擺出一副得意的神情，「我可是有超能力，這群人三兩下就解決了！」

說得也是，但不知道為什麼，我的內心就是十分反彈，不希望黃芯婷冒險、不願意看見她受傷，哪怕只是輕微擦傷，我都會——很心痛。

「唉……」嘆了口氣，我鬆開手、停下腳步，直說：「沒辦法，那我陪妳好了。」

「陪、陪我什麼？」黃芯婷瞪大眼睛，不敢置信的問。

「陪妳逮住他們啊，陪妳到最後啊～」我牽起黃芯婷的手，微笑著說：「畢竟，我現在是妳的男、朋、友，保護妳也是應該的，對吧？」

黃芯婷倒抽一口氣，臉頰變得十分紅潤，面紅耳赤的模樣彷彿會冒出白煙，只見她支支吾吾、結結巴巴的說：「笨、笨笨笨蛋……我才不需要你保護呢！」

「誰說的，剛才那個胖男子撲向妳的時候，妳連反應都沒有呢！」

那群衝向我們的黑衣人氣勢和剛才那個胖男子截然不同，話雖如此，我還是鼓起了勇氣，毫不畏懼的面對他們；雖然我沒有超能力、不比黃芯婷強，但是，我想保護她。

「我說了，才不需要你保護呢！」

黃芯婷鬆開我的手，朝我背後大力一推。

「我不想……再看見你受傷了！」

黃芯婷說這句話的表情充滿了歉意，想不到她對於之前搶劫案那件事還耿耿於懷。我連反應的時間都沒有，身體被一股強大的吸力拉走了，像是搭上了特快車，黃芯婷的身影一瞬間變得好小、好小，直到最後消失在眼前。

周遭的景色也急遽變化，這是瞬間移動嗎？

這次的瞬間移動和以往不同，沒有一眨眼就出現在目的地，反而像是在海中飄流，身體輕盈得隨時會被吹走，也隨時會墜落，感覺十分恐怖。

我努力掙扎、扭動身體，想阻止瞬間移動的進行，想回到黃芯婷身邊……但儘管如此，我的掙扎還是徒勞無功，直到我回過神來，自己正坐在大馬路上，天色已晚，家家戶戶傳來晚餐飯香。

剛才明明還不到黃昏，為什麼一下子就到了晚上？

這個瞬間移動是怎麼回事？

我茫然的左顧右盼，熟悉的街道，卻有股難以言喻的陌生感。

「這裡不是學校附近嗎？」我困惑地拿起手機一看，螢幕上顯示的時間才下午四點，沒道理已經天黑了啊！

完全摸不著頭緒的我，心不在焉地走在路上，「咚！」應聲跌了一屁股疼，竟然不小心撞到了別人。

被我撞到的是一名國中生，剪了簡單的平頭、戴著眼鏡，看起來是個十足的書呆子。

「呃，抱歉。」我從地上爬了起來，伸手要扶起那位國中生。

只見他面無表情，沒好氣的說：「大哥哥，麻煩你走路看路好嗎？」

哎唷，現在的國中生都這麼嗆嗎？

黃芯婷下落不明，不知道是否平安，現在又碰上一個態度惡劣、十分不友善的國中生，因此我有些惱怒，直呼：「你不也沒看路嗎？這麼囂張，小心我揍你喔！」

「幼稚。」

平頭國中生冷眼看著我，完全不把我當一回事。

見狀，我更是惱羞成怒，氣得火冒三丈，真想衝上去扁他一頓。

「我趕著去補習班，沒空跟你玩。」

國中生撿起掉在地上的課本，頭也不回的走了。

「氣死我了！」

踹了電線杆一腳作為發洩，比起剛才那個惹人厭的國中生，我更想搞清楚現在究竟是怎麼回事，為什麼突然天黑了？黃芯婷又在哪裡？

拿起手機撥給黃芯婷，話筒傳來「嘟嘟嘟……」聲，卻始終沒有接通，聽久了，更令人感到焦躁不安。

連續撥了十幾通電話，始終沒有回應，我這才放棄，決定先回家一趟。

話說剛才那個戴眼鏡的書呆子國中生還真有點面熟，好像在哪兒看過他，應該是附近的學生吧？

就不要哪天又被我遇到，一定狠狠的整他一頓，竟然敢瞧不起戀愛遊戲達人兼校園男神的我！

拖著沉重的步伐，走在回家路上，人們低著頭與彼此擦身而過，漠視周遭的一切。熟悉的街景，放學後一定會經過的便利商店，總是擠滿人的網咖，眼中的所有是那麼的稀鬆平常，卻不斷給我一種陌生的感覺，難以言喻，好像我不屬於這裡。

心情紛亂，我漫無目的的在附近徘徊，不想回家。回家了又能怎樣？黃芯婷不可能出現在我房間裡，電話又不接，到底在搞什麼？

那群黑西裝的壞人怎麼樣了？

黃芯婷到底有沒有受傷？

「煩死了啊！」坐在盪鞦韆上，我仰天大叫。

到底是從什麼時候開始，自己變得這麼在意黃芯婷？

明明我可以回家，打開電腦沉迷於戀愛遊戲之中，現在卻像個傻子一樣，獨自坐在公園，不知道黃芯婷的安危使我成了熱鍋上的螞蟻，既是焦慮又是擔心。

黃芯婷……我不計較妳平常那樣暴力的對待我。

不計較妳的任性、不計較妳的蠻橫、不計較妳對我做過的一切。

拜託妳，一定要安全好嗎？

拜託妳，就算我沒能力保護妳，也讓我在妳身邊好嗎？

不知不覺天空變得更黑暗了，雖然手機上顯示的時間才八點多，可是照這個天色來看，恐怕已經快要深夜十點了，四周住戶的燈光也熄滅了不少。

「唉……回家吧。」我嘆了口氣，從公園的長椅起身。

走在無人的馬路上，月色皎潔卻給我一種莫名的空虛感，街道的水平線彼端有個女孩手掩著臉，踉踉蹌蹌地走著。

是啊，這確實是個令人難過的夜晚。

我面無表情的與她擦身而過，那嗚咽的啜泣聲清楚地傳入我的耳內。

隱約還能聽見，她喃喃自語的說：「書包……嗚嗚，我的書包……」

書包？

轉身一看，那個哭著回家的少女，沒有揹著書包，仔細一瞧，那個啜泣少女的背影熟悉得令我目瞪口呆。

內心浮起一個念頭，猶如重錘猛打我的腦袋，使我整個人震了好大一下。

「……黃芯婷？」我不敢置信自己的眼睛，雖然哭泣、軟弱的模樣實在不像她，不過那個啜泣的女國中生確實是──黃芯婷。

正當我準備追上去時，腳卻自己停了下來。

腦海自動浮現的想法，使我不自覺的說了出來：「難道……根本不是什麼瞬間移動，而是我穿越時空，回到過去了嗎？」

為了取證事實，我在附近找了一座電話亭，投入硬幣之後，撥打我自己的手機號碼。

然後，十分驚人的是，我口袋裡的手機響了……

廢話！

「這招行不通。」掛上電話後，我再次投入硬幣，撥打自己家裡的號碼。

「嘟——嘟——」

電話才響了兩聲，馬上被人接了起來，不是老媽的聲音，而是我自己的聲音——在這個時空，國中生的我。

「喂，找哪位？」話筒另一端國中生的我說道。

從電話裡聽見自己的聲音，這種感覺亂新鮮的。

我：「沒事，你真帥。」

語畢，我將電話掛上，也驗證了自己回到過去的事實。

剛才擦身而過、正在啜泣的女生，百分之百是黃芯婷沒錯了，而一開始與我相撞的書呆子平頭國中生，就是——賴義豪！

如果回到過去是事實，那麼時間就非常緊迫了，因為接下來，賴義豪就要去幫黃芯婷找書包了！

我必須趕在賴義豪到學校之前阻止他，如此一來……

黃芯婷，就不會喜歡賴義豪了吧？

「我幹嘛這麼做啊？」

突然，我對於自己一瞬間的想法，產生了錯愕。

不過，說曹操，曹操到。

一群國中生走在馬路上，我一眼便看見他們之中的賴義豪，這是他從補習班下課正準備回家的時候吧！

我站在前往附近國中的路上，假使賴義豪朝這裡走來，無論如何我必須擋下他！

只見補習班門口的轎車一輛接一輛離去，家長們載著孩子們回家；我看見賴義豪揹著書包，完全沒有打算走這條前往國中學校的路，倒是走了反方向回去。

「咦？」我滿腹困惑，這和黃芯婷說的故事版本不一樣啊！

感到十分詭異的我也加緊腳步跟了上去，說不定賴義豪是打算繞路回學校呢！

哈哈——這陰險的書呆子，我才不會上當呢！

夜晚是最佳的掩護，我躲躲藏藏地緊跟在賴義豪身後，走了好一大段路，距離國中學校越來越遠，我也感到越來越不對勁。

「他根本沒打算幫黃芯婷找書包吧？」我啞然失笑。

我停下腳步，賴義豪則繼續走著，隨著他的身影越來越遠，路燈之下，拉長我的影子，我發癲似的狂笑。

「哈哈哈　哈哈——如此一來，黃芯婷就不會喜歡上賴義豪了！」

多麼令人開心的邪惡計畫啊！完全不必我去阻止，賴義豪根本沒有打算幫黃芯婷找書包！就說那個不苟言笑，眼中只有讀書的傢伙怎麼可能這麼好心呢？

「嗚嗚……書包……我的書包……嗚嗚……嗚……」

頓時，不久前與我擦身而過的國中生黃芯婷，啜泣的聲音，與那難過、傷心的神情浮現在我的眼前，清晰無比。

我反射性的用手壓住自己的心門，究竟是怎麼回事，為什麼——心這麼痛？

為什麼想起黃芯婷哭泣的臉龐，我會……

「……………」

不敢置信地看著從自己臉頰流下的兩行淚滴落在掌上，我居然哭了。

「賴義豪從補習班下課後已經是晚上十點了，他回學校替我找書包……到了凌晨一點才找到書包，所以早上他才不得已溫習昨晚沒看到的課業內容。」

黃芯婷說完，兩側臉頰還泛著淺淺的紅暈。

就算黃芯婷會因此喜歡上賴義豪又怎樣？

未來，我不是也會碰上黃芯婷嗎！

我想，我好想看見她那張可愛的臉蛋，浮起淺淺紅暈，笑得幸福洋溢的模樣啊！

「臭小子，你給我站住——」我朝前方大吼，拔腿狂奔。

「怎麼又是你啊！」

國中生的賴義豪轉過身，看見是我，竟然一臉不耐煩。

「碰！」

話也不說，我冷不防一拳揍在賴義豪的臉上。

賴義豪摔了一屁股，書包裡的課本散了一地，我緊握著拳頭、氣喘吁吁的說：「你、你就這樣回家去了嗎？」

「……」賴義豪顯然也生氣了，他撿起眼鏡，冷冷的說：「廢話，補習班下課不回家要幹嘛？」

「你們班上，不是有個女生被欺負，書包被藏起來了嗎？」

賴義豪有些吃驚，卻還是面不改色地說：「你怎麼知道？」

「要你管啊，你現在給我回去幫她找！」

「無聊，又不關我的事。」賴義豪將課本收進書包。

看見賴義豪如此冷漠的模樣，我真替黃芯婷感到不值，真替那個不惜告訴我自己擁有超能力的秘密，也希望我替她追求賴義豪的黃芯婷感到不值。

「你這王八蛋，不要逼我出手喔！」我火冒三丈地大罵，在賴義豪面前捏緊拳頭。

「這句話是我要說的吧……」賴義豪推了一下眼鏡，身影突然消失在我眼前。

「咦？」一股衝擊突然將我絆倒，還沒回過神來，我竟然被只是個國中生的賴義豪踢倒在地。

「碰！」好大一聲，摔得我全身都疼。

「你這傢伙！」我氣得爬起來想揍他一頓，只見賴義豪拳頭出現在我面前。

「我是跆拳道三段，你還想跟我打嗎？」賴義豪冷冷地說。

「無論是過去、還是未來，我都打不贏你。」我瞪著賴義豪，不畏懼在我眼前的拳頭，哪怕一下就能揍斷我的鼻梁。

賴義豪困惑，卻沒將拳頭收回去，「你在說什麼？」

「可是我答應過她，要幫助她這份戀情，無論如何我都不會退縮。」我咬牙切齒說著，激動得渾身顫抖，「所以——你在揍我一頓之後，一定要回去幫她找書包好嗎？」

我低下頭，任憑眼淚滑落、任憑自尊碎成一片片。

「拜託你，一定要幫黃芯婷找到書包！」

賴義豪收起拳頭，不敢置信的看著我，「她是你的誰？為什麼要做到這種地步？」

「……你會幫忙找書包嗎？我也可以幫忙！」我抬起頭，直問。

「好吧。」賴義豪嘆了口氣，接著問：「但是你還沒回答我的問題。」

「她……是我最愛的人。」

我一直隱藏在心底，不願意去面對、不敢坦承的情感，在不知不覺間脫口而出，我愣在原地，摸著胸口，已經壓抑不住了，不知道從什麼時候開始，我已經喜歡黃芯婷喜歡得無法自拔。

賴義豪撿起地上的課本，拍落衣服上的灰塵，邊問：「既然如此，你幹嘛不自己去幫她找？」

「我哪知道你們教室在哪裡喔！」我對著賴義豪吼道。

如果知道還需要你這書呆子幫忙嗎？

「噗！」這一瞬間，賴義豪的表情大變，不同於我印象中那個面無表情的賴義豪，「噗哧——呵、呵呵，哈哈哈！」

賴義豪捧腹大笑，笑得我十分不自在。到底有什麼好笑？

我有點惱羞成怒，直問：「你在笑什麼？」

「你這個人怎麼這麼有趣啊！」賴義豪推了推眼鏡，似乎還笑出眼淚來了，「連教室在哪都不知道，竟然說對方是你最愛的人！」

「少囉唆，總之我們一起去找書包吧。」我聳了聳肩，只不過是被賴義豪摔了一下，感覺全身的骨頭都要散了。說到底，為什麼這個書呆子會是跆拳道三段啊？

「嗯，但是我們學校很大，恐怕沒那麼好找，也可能找不到。」

「放心啦，一定找得到！」

「那麼走吧，最晚十二點我要回家溫習功課。」賴義豪轉身。

「謝啦，雖然你人很無聊又難相處，不過倒是滿善良的。」我笑著說道。

賴義豪給我的印象和以前截然不同，即使一樣討人厭，但，我看見了他好的一面。

也難怪黃芯婷會喜歡賴義豪，像他這樣外冷內熱的男人，平常一副不可一世的架子，對人總是刻薄又冷淡，之後又突如其來的溫柔，最讓女生難以招架。

想不到賴義豪骨子裡竟然是個鬼畜攻，從前真是太小看他了。

走了一小段路，經過補習班，這時街上已經沒有其他人，就連來車也少之又少。夜晚很寧靜，我和賴義豪沒有聊天，也不知道該說什麼，氣氛非常尷尬。

「校門已經關了，我們可能要翻牆進去。」站在校門前，賴義豪說道。

「那有什麼問題？」我得意笑著，長相和身高一直都是我的優勢。

跳起來抓住圍牆後，我立刻攀了上去，還以為賴義豪會像個傻蛋似的呆站在原地，想不到他身手敏捷，跟著我一起跳起來抓住圍牆，毫不猶豫地翻了個觔斗，跳入校園內。

這個書呆子讀書厲害就算了，是跆拳道三段，又是運動健將，會不會有點犯規啊？

「你敢跳下去嗎？」賴義豪推了眼鏡，面無表情地看著我。

「廢話！」我倒抽一口氣，跳下。

「碰！」

也許是姿勢不良，和想像中不太一樣，並非雙腳落地，而是我這張帥臉著地，應聲傳出悶響，頓時眼前的世界天旋地轉，我就這麼痛得昏了過去。

不行啊……我還得幫忙找書包……

○●○●○●○

眼前一片黑暗，意識逐漸恢復後，整個人像是從深海裡以非常快的速度浮上來，最後突破一道刺眼的光芒。

我從床上驚醒，大叫：「書包呢！」

「什麼書包？」黃芯婷皺著眉。

「…………」

驚醒後，我錯愕地左顧右盼，這裡是自己的房間，不是國中學校，賴義豪不在這裡，反而是黃芯婷、蕾姆．蒂絲娜和老媽都圍在一旁。

黃芯婷穿著高中制服，看來我是回到了現代。

見狀，我才鬆了口氣。

「士仁 Boy，你到底怎麼了？」蕾姆．蒂絲娜一臉擔憂。

她們一臉困惑地看著我，我卻遲遲無法開口說話，畢竟穿越時空這件事情太過離奇，不是超能力可以比擬的。

攤開手掌一看，不久前發生的事情還歷歷在目、清晰無比，卻又那麼的不真實：找不到書包、哭著走回家的黃芯婷，國中生就是跆拳道三段的賴義豪，甚至和我打過一架……這些我真的親身經歷過嗎？

「毆啊……嘶……」背後傳來一陣刺痛，我不自覺的發出慘叫，這才驚覺一切都不是夢境，而是我真的回到過去一趟。

「黃芯婷，以前幫妳找到書包的人是賴義豪，沒錯吧？」

被我這麼突兀的問，黃芯婷不知所措地左顧右盼，似乎怕蕾姆．蒂絲娜或老媽問些什麼，然後才支支吾吾的說：「對、對啊……你不是早就知道了？」

「嗯，沒事啦。」賴義豪那傢伙還滿講信用的嘛。

這時，我才發現受傷的不只我一個人，黃芯婷的手臂也被包紮了起來，甚至還有些鮮血滲透，看起來相當嚴重。見狀，我惱怒的問：「妳受傷了？」

「啊……這、這是……對啦！」

黃芯婷趕緊用手遮住包紮的部位，但為時已晚，仍是被我看見了。

「妳這個笨蛋！」

壓抑不住的衝動，複雜的情感從內心深處爆發，心疼、難過、擔憂、害怕，和國中生賴義豪碰面時，脫口而出那句話的時候一樣。

直到我回過神來，才發現自己已經緊緊抱住了黃芯婷……

第四章

什麼，妳要我當電燈泡？

「喂、喂！做作男你你你幹嘛，突、突然——」

黃芯婷害羞地扭動嬌小的身體，試圖掙脫我的雙手，她那張泛紅滾燙的臉頰就在我耳邊那麼近的距離。

完全忘了老媽和蕾姆．蒂絲娜兩人也在場的事情，我看這下子跳到黃河也洗不清了。

「咳、咳，哎呀都這麼晚了～」老媽手掩著嘴咳了兩聲，抬頭看向牆上的時鐘，自言自語道：「我先來去準備晚餐。」

語畢，老媽飛快的逃出這個房間。

「碰！」

房門關上，留下滿臉通紅、不知所措的黃芯婷，以及不停大笑的蕾姆．蒂絲娜和我。

「My god，原來姐姐你們感情這麼好啊！」蕾姆．蒂絲娜嘿嘿笑道。

對於外國人而言，互相擁抱並不是什麼害臊的事，關係好的人，見面時也會用擁抱來問候。

不過，我的擁抱並不只是問候。

「快放開我啦……」黃芯婷大可用超能力輕而易舉的將我推開十尺之外，但是她沒有，

反而是面紅耳赤、無可奈何的說著。

這副柔弱、嬌滴滴的模樣令我倍感吃驚，雖然十分可愛，但是不像她。

難道黃芯婷今天吃錯藥了嗎？

雖然想繼續擁抱著她，不過重要的事情還是得問。想到這裡，我鬆開雙手，面色凝重的問：「話說回來，妳為什麼會受傷？有超能力的妳，照理來說應該是毫髮無傷的呀！」

「啊……這、這個……」黃芯婷飄忽不定的眼神，刻意避開了我的視線，反而轉向蕾姆．蒂絲娜，好像在向她求救似的。

雖然不介意誰來告訴我原因，但我仍是希望黃芯婷本人能親口告訴我，儘管只是一點點擦傷，終究是受傷了，既然不可能永遠毫髮無傷，那為什麼要冒這個險呢？

如果下次不只是這麼輕微的擦傷，該怎麼辦？

這也是我最擔心的事情。

蕾姆．蒂絲娜看著我，說不上是正經八百的表情，卻明顯能感受到她認真的態度，和以往嬉皮笑臉的模樣天差地別。

「士仁Boy，針對姐姐碰上的綁架一事，對方恐怕就是我在找的犯罪集團。」

我一愣，這才想起蕾姆·蒂絲娜在銀行制伏歹徒時，曾說過自己是來追蹤犯罪集團的，而那天碰巧被我們遇上的強盜分子，並非蕾姆·蒂絲娜在找的犯罪集團。

「終於被妳找到了嗎？」我暗自在心裡想著，能讓擁有超能力的蕾姆·蒂絲娜找得這麼辛苦的犯罪集團，想必來頭不小。

我擔心的問：「要不要請妳的上司多派一點支援過來啊？」

「No～這是海外秘密行動，上司不可能派人手過來的。」蕾姆·蒂絲娜苦笑。

我用手指著黃芯婷受傷包紮的手臂，不解的問：「可是那個犯罪集團連暴力女都能弄傷耶……」

「Ohh……這個倒是比較棘手呢……聽姐姐說，那群人似乎有辦法使我們暫時失去超能力。」蕾姆·蒂絲娜皺著眉說道。

我是第一次看見她如此困擾的神情，那張輪廓深邃、五官分明的臉蛋，蔚藍的眼眸在沉思時，充分的蘊釀一種憂鬱，美得令人目不轉睛。

相較之下，完全蘿莉體型的黃芯婷，臉蛋如天使般標緻甜美，水汪汪的翠綠眼瞳直視著也不會令人感到不自在，好像沒有半絲敵意，充斥著無辜與單純光芒。

還有她纖細的四肢，若沒有超能力，彷彿輕輕就能折斷。

而蕾姆．蒂絲娜就像魔鬼，性感火辣的身材與傲人豐滿的雙峰，老是穿著小一號的襯衫令胸前緊繃，鈕釦像是隨時會噴出的子彈，使得那對渾圓、柔軟的胸部呼之欲出。

黃芯婷則像天使，嬌小的身材與纖細的四肢更顯得楚楚可憐，甜美萌人的臉蛋和白皙水嫩的肌膚，彷彿吹彈可破；比起正統外國人鮮明的金髮，黃芯婷及腰的金髮顯得稍微淡了一些，陽光下更給人一種只可遠觀不可褻玩焉的純潔感。

原來我就置身於天堂與地獄之間，魔鬼和天使的身材交火，無時無刻考驗著我身為男人的極限。

以上——都是廢話，現在不是說這些的時候。

「總之，暴力女就算妳超能力再怎麼強，終究只是個高中生。」我語重心長地向黃芯婷說道：「以後碰上這種事情還是先迴避，再通報蕾姆小姐來處裡。」

「吼，知道啦！」黃芯婷惱羞成怒。

「Yes，我也是這樣和姐姐說的。」蕾姆．蒂絲娜附和。

「拜託了……」

「咦！」

看見我突然難過的神情，黃芯婷嚇了一跳。

不知道自己現在是什麼樣的表情面對她，但是看著黃芯婷受傷的手臂，內心便不斷泛起難過和自責，心疼得我講話變得哽咽：「我不想再……看見妳受傷了，好嗎？」

黃芯婷雙手環胸、撇過頭，耀眼的淡色金髮間露出赤紅的耳朵。

「知、知道了啦，囉唆死了！」

「啊！」想起什麼似的，黃芯婷又轉頭面向我，「關於明、明天……」

「嗯，是啊，明天終於要和賴義豪去遊樂園約會了。」我毫不忌諱的說著，不顧在場的蕾姆．蒂絲娜。

只見蕾姆．蒂絲娜張大著嘴，神情錯愕的指著我又指著黃芯婷，看來她完全誤會了我們兩人的關係。

「嗯、嗯……」黃芯婷的臉頰飛紅，耳朵彷彿能冒出白煙，她纖細的手指捉緊裙子，支支吾吾的說：「明天能……和我一起去嗎？」

「啥啊？」我錯愕，好氣又好笑的說：「妳跟男生約會，找我去當電燈泡幹嘛啊！」

「不、不是啦，沒有你……我怕會出糗啊！」

黃芯婷說著，眼角還泛出淚光，淚珠在眼眶上搖搖欲墜，實在是太犯規了啦——那張甜美、可愛的臉蛋，楚楚可憐的模樣叫人怎麼忍心拒絕嘛！

「嗯……」我一邊托著下巴思考，而一旁的蕾姆．蒂絲娜還是張大著嘴，指著我和黃芯婷。

「再說啦！」我笑著說道。

「吼，明天我有一些話想告訴你啊！」黃芯婷氣急敗壞的說。

「哦？」

我大概也知道是什麼了。

明天，黃芯婷就會和賴義豪在一起了，而黃芯婷想告訴我的那些話，應該就只是「謝謝你這段時間的照顧！」、「你人真的很好，希望你也能找到屬於自己的幸福！」諸此類的話。

屬於我的幸福——或許會被我親手破壞掉吧。

經歷過穿越時空，我見到了過去的賴義豪，也發現雖然他人不好相處，但卻不是什麼壞人，本性也十分善良。

當彼此兩情相悅，多出來的第三者，那份感情顯得多麼突兀、多麼可笑；做了再多，也只是自作多情罷了，回過頭來看，更是滑稽得令人感到可悲。

黃芯婷喜歡著賴義豪，這是一開始就知道的事情；我喜歡黃芯婷，卻在最後一刻才知道。當我想坦承面對時——早就來不及了，而我竟然還想改變過去，或是改變她的心意。

呵呵，真替自己感到悲哀。

藍士仁啊藍士仁，虧你總是自稱戀愛遊戲達人，但對於自己的戀情卻不敢正視，直到快失去了，才肯坦承、才拚了命想挽留，弄得心裡遍體鱗傷，終究是無能改變結局。

戀愛遊戲裡，無論是知心好友還是陌生人，只要好感度達到一定的程度，兩人就會在一起。

但是，我和她的好感度即便滿了出來，我的心意始終無法對她坦承。黃芯婷和賴義豪交往，是早已奠定了的事實，也是最初我和她認識的原因。

這——就是現實世界。

「唉……」看開後，心還是很痛，卻不會像以前那樣令自己失控。

見我無緣無故嘆氣，黃芯婷好奇的問：「欸，做作男你幹嘛嘆氣？」

「那不重要。是說，為什麼那時候妳要施展瞬間移動，然後把我送到那種莫名其妙的地方？」我問。

「咦？」蕾姆．蒂絲娜和黃芯婷面面相覷，不約而同露出錯愕的神情。

黃芯婷困惑地搔著臉說：「我們是在國中校園裡面發現昏倒的你耶！」

「對啊。」我雙手扠腰，裝得一副氣呼呼的模樣。

「吼，可能是我當時太高興了……所以超能力變強，控制得不太好。」黃芯婷傻笑，試圖掩飾她的過失。

看來黃芯婷並不知道自己把我送回過去一趟這件事，我冷笑著說：「妳是有什麼毛病嗎？被一群壞人包圍的時候，竟然還可以那麼高興！」

還是說把我這個拖油瓶送走，是一件很開心的事情？

雖然我沒超能力、不會打架，但還是想盡一份心意啊！真是太過分了。

「那、那是因因因為你……」

不知道為什麼害羞的黃芯婷嘟起嘴，講話口齒不清，我一句話都聽不懂。

「我怎樣？」

黃芯婷還來不及開口說話，房外便傳來老媽的叫喚聲：「下來，吃晚餐囉——」

「Yeah，終於要吃飯了！」蕾姆．蒂絲娜開心得整個人從椅子上彈了起來。

「吃、吃吃吃飯了，我要先下去了！」黃芯婷還紅著一張臉，逃命似的緊跟在蕾姆．蒂絲娜身後。

兩個人奪門而出，一刻都待不住。所以妳們到底是有多餓啊？

「呵……」嘆了口氣，我無奈地笑了。

這樣不坦承、容易臉紅的個性，才是黃芯婷。

這時我的肚子發出怪聲抗議，也該是吃飯的時候了，習慣性地拿起手機一看，螢幕上顯示著八點十四分，順勢抬起頭朝牆上的時鐘一瞧，八點十四分，毫無誤差。

如果還有機會回到過去，碰上國中生的黃芯婷，真希望能和她說幾句話……

「真的來不及了嗎？」

肚子怪聲不斷，我卻沒有任何食欲。大力地向後躺下，茫然盯著天花板發楞，樓下傳來黃芯婷、老媽和蕾姆．蒂絲娜三人的笑聲，好不熱鬧。

明天，賴義豪就會向黃芯婷再次告白了吧，或者黃芯婷也會向賴義豪告白，兩情相悅的二人終於能彼此坦承，想必會是溫馨完美的大結局。

而我像個傻子一樣，徘徊於坦承和隱瞞之間，矛盾的心理令我的笑容變得勉強，就算鼓起勇氣告白了，又有什麼用呢？

黃芯婷終究是喜歡賴義豪，說了被拒絕，不是既給對方困擾，也讓自己難堪嗎？再說了，呵呵——明天是他們的第一次約會，我這個第三者還跑去告白搞破壞，不就太沒風度了嗎？

天花板上的日光燈照著自己的手掌，我看著看著，視線逐漸模糊了起來。

這段時間，我能給的，都給了。

不該給的，我不能給。

最後、最後，能給黃芯婷的——就只剩下祝福了吧。

就像飛鳥和貓，即使感情再好，也不可能有結果。我只能當個在空中盤旋的青鳥，徘徊在她的身邊，守護著她。

——好難過。

我還是忍不住失控了，這次不是脾氣，而是止不住的眼淚。
正好，利用樓下的笑聲來掩飾我停不下來的哭聲吧。

第五章 喂？做作男你在哪啦！

結果，我連晚餐都沒吃，就這樣抱著眼淚睡去了。

醒來時，已經是早上不知道幾點了，清爽的陽光透過窗玻璃灑進房裡，難得的我沒有將窗簾拉上，是不是想利用晨曦照亮我心中那塊揮之不去的憂鬱呢？

我這才發現，桌上的手機不停地震動，昨天忘了調回鈴聲。到底是誰一大清早就這麼想我？

打了個哈欠、伸展懶腰，我頹廢地抓著凌亂的翹髮，不疾不徐的拿起手機。

一看，精神全來了。

我瞪大眼睛看著手機螢幕上顯示的時間及撥給我的人——黃芯婷。

「慘了！」哭了一整晚，完全把我也要去遊樂園的事情忘得一乾二淨。

「喂？做作男你在哪啦！」接起電話，劈頭就是黃芯婷不耐煩的口氣。

「呃……」我立刻打開電風扇、然後站在一旁急忙地說：「我在路上啦，妳沒聽到風聲嗎？」

「哦～那你到哪了？」

「快到新竹了啦，妳很急耶！」來不及洗澡，只好簡單的換一套衣服。手忙腳亂地脫

下內褲和睡衣，我全身光溜溜的盯著衣櫃，思考該穿哪一件衣服才夠帥。

「算了，我用瞬間移動過去接你好了！」

「啊，等……」

還來不及阻止黃芯婷，一道刺眼的光芒在眼前乍現。只見手機貼在耳邊、還沒掛斷通話的黃芯婷，身穿牛仔短褲和黑色絲襪，上衣是可愛風格的圖案T恤，不過尺寸較小，稍微露出一些肚子，白皙水嫩、吹彈可破的肌膚和若隱若現的肚臍意外得非常撩人，可愛中又帶點性感，猛一看真令人血脈賁張。

相較之下，一絲不掛的我和我的弟弟目瞪口呆地看著黃芯婷。

手機從錯愕的黃芯婷手中滑落……

「咚——」

摔在地上，發出一聲清晰的悶響。

「呃，原來妳的瞬間移動是追蹤個人單位而非指定座標啊。」我故作鎮定的分析黃芯婷瞬間移動的原理。

只見黃芯婷臉頰飛紅，整個人真的冒出白煙來，害羞得尖叫：「呀啊啊啊——死變態做作男！」

「碰！」

好久沒嚐到超能力鐵拳的滋味了，一大早就揍得我眼冒金星……啊，那不是往生已久的阿嬤嗎？她在對岸向我招手耶！

「你這個死騙子，明明就還在家裡！」黃芯婷掐起半死不活的我猛搖，似乎是想要我給個交代。

「抱歉啦……睡過頭了……」我愧疚地傻笑。

「總、總之快點穿上衣服啦！」黃芯婷鬆手將我推開，轉過身背對著我。

我拿起窄版的牛仔褲穿上，視線不自覺的停留在她嬌小的背影上，那及腰輕盈的金髮在陽光下更顯得耀眼，光澤亮麗。比起西方人正統的鮮豔金髮，我更喜歡像黃芯婷這樣淡淡、淺淺的金色，給人一種高雅的感覺。

剛才招呼在我臉上的超能力鐵拳，今天之後也沒機會體驗了吧？

噗哧，想到我曾經還懷疑自己是個M，就覺得好笑。

黃芯婷仍背對著我，不過卻左顧右盼，往我的房間四處觀望。

「在找什麼嗎？」我好奇的問。

「沒、沒有啦，你趕快啦！」黃芯婷氣急敗壞地跺腳，直呼：「吼喲，快遲到了啦！」

啊是在啦三小啦，好好講話不行膩？

拿起髮蠟，抹在指尖，對於頭髮造型熟能生巧的我，飛快抓了個完美型男的髮型，令五官看起來更立體的斜瀏海，戴上使眼睛更有電力的小道具——瞳孔放大鏡。

穿上暗色系的窄版牛仔褲，會令我的雙腿看起來更修長、更纖細，搭配V領的白色內搭衣，露出一點精壯的胸口，再套上黑色針織毛衣，為了禦寒，再加穿一件材質極佳的名牌大衣——時尚型男，就此誕生。

當然，還少不了項鍊、耳環、戒指等細節飾品。

任誰都看不出來，我其實是個電玩宅男，哈哈哈！

「好了嗎？」黃芯婷轉過身。

「嗯。」我點頭。

只見黃芯婷瞠目結舌看著我，頓時不發一語。

「幹嘛？」我問。

「沒、沒事！」黃芯婷聽見我的聲音這才回過神來，又不自覺的臉頰泛紅，這回竟然害羞得不敢直視我。

哎唷，當傲嬌還真辛苦耶！

「啊，等等！」突然想起什麼，我拿起鏡子仔細端倪。

「快點，等等遲到就不好了……」黃芯婷看了牆上的時鐘，慘叫道：「天哪，只剩下一分鐘！」

「好啦，我的皮膚狀況不太好，等我一下！」我趕緊走向書桌，拉開抽屜拚命翻找。

「你在找什麼？」黃芯婷好奇地靠了過來。

「ＢＢ霜啊，還記得嗎？」我仔細翻找著抽屜的每個角落，接著說：「當初我會和妳認識，也是因為熬夜後皮膚狀況太差，躲在學校廁所擦ＢＢ霜。」

「哦哦……這麼久的事情，你竟然還記得！呵～」黃芯婷不知道在傻笑什麼。

媽啊～擦個ＢＢ霜走出來就被痛毆，這種慘痛的遭遇誰會忘記啦？

正巧，此時我手中的ＢＢ霜和當時是同一瓶。

開始和結束，都是同個ＢＢ霜嗎？

「OK，擦完了。」

鏡子裡完美無瑕的肌膚、迷人的笑容、電力十足的眼睛、深邃的五官，沒錯，就是我，戀愛遊戲宅男兼校園男神——藍士仁。

黃芯婷看著我的眼神和以前不同，少了銳利，取而代之的是難以言喻的溫柔。

她揚起甜美的笑容，伸出手，輕聲的說：「走吧！」

「嗯。」我也習慣性地牽起她的手。

瞬間移動。

今天過後，黃芯婷和賴義豪有情人終成眷屬，而我這個戀愛遊戲達人也結束了一年來默默在背後幫助黃芯婷的豐功偉業。

結束了一段，現實人生中，第一次的戀愛遊戲。

○●○●○●○

睜開眼，周遭的景色截然不同，原本是貼著電玩海報、棉被凌亂、電腦沒關、電視遊樂器亂擺的男生房間，轉眼變成人山人海、歡笑與尖叫聲不斷的遊樂園。

這才是我習慣的瞬間移動。

放眼望去，遊樂園的情侶還真不少，他們手牽著手，有些情侶在園區散步聊天，有些情侶互相追逐、上演沙灘那套追逐的老戲碼，有些情侶利用排隊的時間互吃彼此手中的熱狗、冰淇淋。

「轟——」

「呀啊——」

附近的雲霄飛車呼嘯而過，隨即而來的是女生們宏亮的尖叫聲。

雖然我對遊樂園的設施不太感興趣，不過此時也被周遭興奮的氣氛傳染，不自覺的雀躍了起來。

附近穿著人偶裝的工讀生，向每個路過的小孩發了一顆氣球，看著工讀生背後那多不可數的氣球，如果撒手飛上天，一定很美。

也一定會被開除。

「手……手……」

耳邊傳來黃芯婷支支吾吾的聲音，我仍盯著工讀生，笑道：「妳和我想的一樣嗎？哈哈，如果那個工讀生把背後數不清的氣球放開，飄上天空的景色一定很美。」

「……我是說你的手啦。」黃芯婷滿臉通紅地盯著我。

啊，我都忘了自己還緊緊牽著她的手。

「抱、抱歉！」鬆開手後，我尷尬地笑了幾聲。

「……」

只見黃芯婷面紅耳赤瞪著我。我就不是故意的啊，幹嘛一副氣呼呼的模樣？

為了化解尷尬的氣氛，我轉移話題直問：「那我該怎麼幫妳？」

在遊樂園玩也不至於出糗到哪裡去吧？

生米即將煮成熟飯，竟然還要勞師動眾，出動我這個戀愛遊戲達人，黃芯婷妳這個女人會不會太沒用了一點呢？

黃芯婷嘿嘿一笑，得意的拿出一組對講機，「用這個！」

「哇塞——」我看到對講機之後又驚又喜，接過對講機直說：「這不是我們當時用來作弊的對講機嗎？」

「對啊，嘿嘿嘿。」黃芯婷可得意了，像小孩子一樣淘氣，笑瞇著眼睛都彎了。

這時，黃芯婷的手機響了。她拿起來一看，還沒接通，就將手機螢幕擺在我面前。

是賴義豪，男主角終於到了。

「去吧。」我勉強揚起嘴角一笑。

「那個……謝……」黃芯婷緊握手中的對講機，神情複雜，好像要說些什麼。

「不！」我趕緊阻止她繼續說下去，面色凝重地看著她，「這話等到最後再說吧。」

「哦……」黃芯婷點了點頭。

「加油，妳一定可以成功的！」我豎起大拇指，用充滿活力、朝氣的聲音喊道：「妳可是黃芯婷耶，連我這個戀愛遊戲達人兼校園男神都來助陣了，對吧！」

「嗯……」黃芯婷微笑，轉身離開。

我也和她背對背，反方向拉開距離。

這個距離，將永遠拉開我與她曾經交集的世界。

不過，有一點我很好奇……

明明今天是和心儀對象約會的重要日子，為什麼黃芯婷剛才的笑容這麼勉強，一點也沒有開心的感覺？

隨便買了個熱狗當作早餐，我像跟蹤壞人的臥底，躲在黃芯婷不遠處偷看。

黃芯婷和賴義豪相約在園區大門口的一座噴水池前，陽光之下，噴水池灑起的水珠形成一段段破碎的彩虹，襯托著黃芯婷淺色耀眼的淡金髮。嬌小女孩與破碎彩虹的噴水池，眼前的絕世美景，是不是只有一直注視著黃芯婷的我，才能注意到呢？

過了約一分鐘，賴義豪出現在噴水池前。

他身穿格子襯衫和有點鬆垮的牛仔褲，頭髮只有稍微梳理過，沒有做任何造型和整理，老樣子的戴著黑框眼鏡；鞋子是市面上常見的，不知道品牌的運動鞋；皮夾甚至直接塞在屁股後的口袋，使得牛仔褲口袋鼓鼓的十分詭異。

他見到黃芯婷仍是面無表情，沒有任何微笑。

扣分、扣分、扣到爆啊——這麼邋遢的男主角是誰找來的啊？

見到女生竟然還不給予一個迷人的微笑，難道賴義豪這個傢伙的腦中真的只有讀書、讀書、讀書跟補習嗎？

對講機的功能甚好，能清楚聽見賴義豪和黃芯婷的對話，躲在暗處，我仔細觀察著賴義豪的臉部表情。

只見他沒有一絲愧意，淡淡的問：「等很久嗎？」

害羞如黃芯婷，面紅耳赤的她小手緊捉著褲子，不知道如何是好。

這個傲嬌也太沒用了吧？

『沒有，我也才剛到而已。』我及時向著對講機說道。

黃芯婷一怔，支支吾吾的說：「沒、沒有……我也才剛到而已。」

「那就好。」賴義豪仍是板著臉，點了點頭。

多麼不溫柔的男人啊，我真想衝上去扁他一頓！只是國中時的賴義豪，我就打不過了，更別提高中了吧。

鐵定被他打成殘障。

『你穿衣服真性格。』我朝對講機說道，幫助黃芯婷找點話題，才不會一見面就這麼尷尬。

「你……你穿衣服真性感。」黃芯婷仍是低著頭，完全不敢直視賴義豪，從遠處隱約

能看見她面紅耳赤的模樣。

『性格啦——什麼性感，妳聽到哪裡去了？浪女！』我向著對講機慘叫。

「咚——碰！」

這時，說巧不巧，頭上的招牌忽然掉了下來，險些把我砸成肉醬。

哎唷，完全忘了黃芯婷還有超能力這招，看來不能趁機嗆她了。

「我、我我我是說性格……」黃芯婷手忙腳亂的憑空比畫，試圖解釋剛才的口誤。

賴義豪低頭看了看自己的穿著，仍是毫無表情的說：「我聽說女生不太喜歡這樣穿著的男生呢。」

你都知道了還這樣穿幹嘛啊——這個面癱跆拳道書呆子是故意的嗎？

這時候只能轉移話題了，免得氣氛變得更加尷尬。我向對講機說道：『不如我們先去玩遊樂設施吧！你有沒有想玩的？』

「不、不如我們先進去玩吧！你有沒有想玩的？」黃芯婷依樣畫葫蘆的說。

「我沒吃早餐，想先吃點東西。」賴義豪說。

吃個頭啊——哪有人剛進遊樂園就吃東西的啦？

這樣女生辛辛苦苦化的妝不就毀了嗎？一點都不體貼耶！

雖然黃芯婷沒有化妝啦。

於是，賴義豪率先踏出腳步，拿著遊樂園地圖，朝園區內的餐廳走去；黃芯婷則像個小孩似的緊跟在後，一點都不像女朋友或是心儀的對象，還比較像是個妹妹呢。

「嗨～小帥哥，你怎麼一個人在這裡啊？」

突然，我被三個身材姣好、穿著火辣的女大學生們包圍。明明是冬天，她們身上的布料卻像是在海灘一樣少，完全將女人的胸器暴露出來，令人看得血脈賁張。

其中一名身高約一百七十公分像是模特兒的女生，一頭飄逸的褐色長髮，戴著像刷子一樣濃密的假睫毛，眼睛上的瞳孔變色片好像快彈出來似的。

她主動挽住我的手，嬌滴滴的說：「我們姐妹從南部來玩，還是第一次見到像你這樣又高又帥的男生耶！」

我揚起專業的微笑，卻沒有給予其他回應，深怕跟丟了黃芯婷和賴義豪兩人。

另外一位短髮的女大學生，個性和她的外表一樣陽剛。她對著我直呼：「我們姐妹正

巧都失戀，來北部獵豔，要不要和我們一起吃頓飯啊？」

「欸，姐姐們在跟你講話，你到底在看哪裡啊？」挽著我手的女大學生好奇地問。

被這三個女大學生拖住，只見賴義豪和黃芯婷的身影越來越遠，眼看就要跟丟二人，我氣急敗壞地喊道：「我不餓啦，靠妖，要吃自己去吃啦！」

三個女大學生一臉錯愕的神情並不讓我感到意外。

意外的是耳機另一端傳來黃芯婷的吶喊聲：『我不餓啦，靠妖，要吃自己去吃啦！』

「…………」賴義豪。

啊，糟糕。

還想說自己闖禍了，所以我不理會三個歇斯底里的女大學生，小跑步追上賴義豪和黃芯婷兩人，只見他們停在餐廳大門前，賴義豪面無表情，黃芯婷低著頭、面紅耳赤，氣氛尷尬到了極點。

『……該、該怎麼辦？』黃芯婷朝對講機小聲的說。

「別擔心，身為戀愛遊戲達人的我，絕對能應付各種場面。」我如此回應。

還沒等我想到辦法，賴義豪突然說：「既然妳不想吃東西，那我們先去玩吧。」

咦！

賴義豪的冷淡在這時候也算是一種優點，無論碰上什麼樣的情緒，他似乎都能理性回應並且欣然接受？

於是賴義豪和黃芯婷兩人一前一後，完全不像情侶的走向遊樂設施區，我則像個偵探緊追在後，這才發現身後也跟了不少發花痴的女生。

哎唷，長得帥還真麻煩。

趁著身後那群女生不注意，我拔腿就跑，以敏捷的身手穿越人群，不費吹灰之力便將她們甩得遠遠的。同時，我也把賴義豪和黃芯婷二人跟丟了。

「啊──我跟丟了，你們在哪裡？」我對著對講機慘叫。

這時對講機傳來黃芯婷低沉的聲音：『雲霄飛車……我該怎麼辦？』

「玩啊，切記要假裝很害怕，讓賴義豪想保護妳！」我說。

『好，可是我第一次玩……』

「第一次玩更好，那連假裝都不必，妳一定嚇得半死。」

哪個女生第一次玩雲霄飛車不會害怕呢？光是慢慢爬上去的那段時間就夠嚇人了吧！

趁著他們還在排隊的時間，我像個無頭蒼蠅到處亂竄，始終找不到雲霄飛車這項遊樂設施。

跑得汗流浹背、氣喘吁吁時，我瞥見一名年約二十九歲的輕熟女，手拿著遊樂園的地圖，悠哉地坐在長椅上看，應該是在計畫著等一下要去玩哪一項遊樂設施。

OK，戀愛遊戲達人模式啟動。

我不疾不徐地走向那位女性，速度之慢，她也注意到了我正在接近，抬起頭一看，只見我面帶微笑。天底下有哪個女人看見又高又帥的男生笑容可掬地走近她，還會感到不開心呢？

那位輕熟女害羞的一笑，很主動的移動位置，從長椅上讓出一個座位來。

事先關上了對講機的麥克風，我溫柔的說：「小姐，我找妳好久了。」

「找我？我們又不認識，小帥哥你真愛開玩笑。」輕熟女被我逗得笑呵呵。

「不，我就是在找妳。」我展現精湛的演技，苦笑著。

「我們……認識嗎？」輕熟女不免動搖，真以為我在找的人就是她。

「我們不認識，但是只有妳能幫助我。」我單腳跪地，一臉深情看著她，甚至牽起她的手。

只見輕熟女害羞得臉頰都紅了，她不知所措的問：「我能幫你什麼忙？」

「可以把妳手中的遊樂園地圖給我嗎？」我溫柔的問。

「可以……」輕熟女點頭，主動將遊樂園地圖遞了上來。

「謝謝，真的很謝謝妳！」我溫柔笑著，刻意以完美的四十五度角盯著她看，甚至親吻了她的手背，展現紳士般的謝意。

地圖到手，扔下心花怒放的輕熟女，我趕緊攤開地圖一看，雲霄飛車就在前方不遠處，跑步過去大約三分鐘。

我一邊奔跑著、一邊向對講機呼叫：「情況怎麼樣?你們搭上雲霄飛車了嗎？」

過了好一會，對講機傳來稍有雜訊的聲音：『我們搭上雲霄飛車了。』

「嗯，第一次搭雲霄飛車一定都會很害怕，讓賴義豪保護妳就可以了！」我說。

『沒，雲霄飛車已經開始了，好慢、好無聊。』

隨著黃芯婷的話，我也到了雲霄飛車的下方，只見雲霄飛車已經進入軌道，以疾速行駛，看起來好刺激。雲霄飛車上的尖叫聲不斷，唯獨黃芯婷和賴義豪，兩人板著一張臉，面無表情的，好像在雲霄飛車上坐禪，達到了無我的境界。

某方面來說，這兩個人還滿相配的啊。

「妳好歹也裝一下吧？」我苦笑著說：「怎麼連搭雲霄飛車都這麼尷尬啊！」

『不是啊……這也算雲霄飛車嗎？時速有夠慢的，一點也不恐怖。』黃芯婷的語氣百般無奈。

想想也是，黃芯婷總是用超能力飛來飛去，之前甚至抱著我追上校車，地面還殘留著極速奔馳後所留下的火燄，對她來說，雲霄飛車真的只是小兒科。

「那妳有什麼方法可以讓自己害怕一點嗎？」我問。

難得搭雲霄飛車，要表現出楚楚可憐的模樣，讓男生來保護，才會產生更好的印象。如果女生太過強悍，男生反而很難接近，尤其是賴義豪那種固執古板的書呆子，我敢說在他的印象裡，女生一定都要是柔弱、溫馴的賢妻良母。

『那我用超能力，稍微加速雲霄飛車喲？』

「這是個好主意。」我贊同。

只見鐵軌上的雲霄飛車速度越來越快，明明到站該停了卻沒有任何減速的跡象，速度之快，軌道發出承受不住雲霄飛車急速行駛的「嘎咯——」怪聲，整個軌道開始劇烈晃動，雲霄飛車上的尖叫聲也變成了慘叫，難得的還能聽見男生的叫聲。

圍觀的人越來越多，我試著阻止黃芯婷繼續加速，遺憾的是雲霄飛車速度之快，風聲太大，對講機根本收訊不到。

操控雲霄飛車的工讀生面色鐵青的走出控制臺，看著速度越來越快，甚至看不清車身的雲霄飛車在軌道上瘋狂行駛，我看見好多支手機飛了出來，還有最近才出的 iPhone6，節哀啊！真的！

「咚——碰！」

一聲巨響，鐵軌終於承受不住雲霄飛車瘋狂的速度，在眾目睽睽之下斷裂，隨即地面上一片譁然，尖叫、慘叫此起彼落，每個人都看著這怵目驚心的一幕。

我也看得瞠目結舌，對講機不自覺的從手中滑落。

還以為悲劇即將發生，只見雲霄飛車奇蹟似的在站前急煞，平安無事的停了下來。

想必是黃芯婷用念力控制了雲霄飛車吧？

我趕緊撿起對講機，躲到一旁。雲霄飛車停靠後，有些人飆髒話、有些人靠著扶手欄杆狂吐，大部分人都面色鐵青，經歷過這次鬼門關，想必那群人再也不敢搭雲霄飛車了吧哈哈！

人群中，我看見賴義豪和黃芯婷走出來，他們仍是面無表情，絲毫不被影響。

太詭異了吧——這兩個無感超人，哪天隕石掉了下來，他們應該也無動於衷吧？

「好、好恐怖喔……」黃芯婷勉強裝作很害怕的樣子。

賴義豪則不發一語，完全沒有打算安慰黃芯婷的意思。

果然黃芯婷是演技太差了嗎？

「不……」過了好一會，賴義豪才緩緩吐出一個字。

「不？」

「不……要害怕……嗯————！」賴義豪吐了。

「呀啊啊啊——」黃芯婷慘叫。

也對啦，畢竟擁有超能力的也只有黃芯婷一人啊。

賴義豪終究只是個凡人，只是個普通人，經歷那種恐怖的雲霄飛車體驗，怎麼可能不會害怕、怎麼可能不會吐呢？沒有噴尿就算他厲害了吧！

真的好同情賴義豪喔……噗哧。

「哈哈哈哈——」躲在轉角的我笑得猛捶地面，捧腹大笑。

『笑、笑屁啊，笨蛋！』黃芯婷向對講機低吼。

「表現得不錯啊妳。」我讚道。

『現、現在怎麼辦？』黃芯婷看著不停嘔吐的賴義豪，感到不知所措。

「去拍拍他的背，安慰他。」

黃芯婷聽了我的話，輕輕地拍打賴義豪的背，溫柔的問：「你……你沒事吧？」

「呼……呼呼……」面色鐵青的賴義豪還故作若無其事，淡淡的說：「沒事。」

沒事個鬼啊，我看你差點連胃都吐出來了吧？

笑得渾身無力的我也開始同情賴義豪了。

「接、接下來呢？」黃芯婷扶著賴義豪，已經有肢體接觸了，卻始終沒有牽手。

「去玩點輕鬆的吧，例如咖啡杯。」賴義豪吐完後，變得相當虛弱。

「好。」

語畢，賴義豪踉踉蹌蹌地走在黃芯婷前方，也許是好面子的關係，賴義豪堅持不讓黃芯婷扶著他。黃芯婷似乎也沒有很積極地想幫助賴義豪，兩個人一前一後的前往名叫咖啡杯的遊樂設施區。

遊樂園內人來人往，我小心翼翼的跟蹤在兩人背後，不時靠大樹、梁柱來作掩護，就怕賴義豪哪根筋不對，忽然轉身看到我，一切就前功盡棄了。

說時遲那時快，賴義豪忽然轉過頭來，嚇得我趕緊翻身打滾，看也不看就撞進一旁草叢裡。

透過草叢間隙，我看見黃芯婷滿臉通紅、困惑地看著賴義豪，周遭盡是情侶間嬉鬧的笑聲、小孩們互相追逐的尖叫聲，還有遊樂園管理處的廣播聲。

「其實我以為妳會帶他來呢。」賴義豪看著黃芯婷。

「咦！」黃芯婷一怔，整個人目瞪口呆：「誰、誰？」

賴義豪仍是面無表情，淡淡地說：「藍同學，就是妳的青梅竹馬。」

「哦……這……」不知道為何賴義豪會突然提起我的名字，黃芯婷嚇得驚慌失措，眼神飄忽不定，甚至偷偷地轉身看向我躲藏的位置。

『笨、笨蛋，不要往這裡看啊——』我朝對講機大叫：『如果暴露行蹤就糟糕了啦！』

黃芯婷這才趕緊轉過身、面向賴義豪，卻又低著頭，支支吾吾的說不出半句話來。

『妳跟賴義豪說，因為我比較喜歡跟你出來玩啊！』我用對講機說道。

「因……因為……」

黃芯婷不敢直視賴義豪的臉，從背後看見她纖細的小手緊捉著褲子。

賴義豪沒有咄咄逼人，反而很耐心的在等待黃芯婷的回應。

察覺到氣氛越來越尷尬，我向對講機低吼：「快說啊，鼓起勇氣來！」

「這不關勇氣的事……」對講機那端傳來黃芯婷的低語聲。

「妳剛剛有說什麼嗎？」賴義豪見黃芯婷的嘴裡唸唸有詞，好奇的問。

「沒事，他也是個大忙人啊。」黃芯婷故作鎮定的微笑，趕緊岔開話題說：「咖啡杯應該就在附近了吧？我們快去吧！」

於是他們兩人又踏出了腳步，繼續前往位於附近的咖啡杯遊樂設施，而我也終於能從草叢裡爬出來了，還不小心嚇哭了路過的小孩。

緊跟在兩人後頭，我越想越不解，便問：「欸，黃芯婷，剛才那麼好的機會，為什麼妳不照我的話去說啊？」

『少囉唆，做作男！』耳機傳來黃芯婷沒好氣的回應。

黃芯婷這女人的情緒起伏也太大了吧，一下害羞、一下生氣，變化多端、高深莫測，我合理懷疑這個超能暴力女是不是有在嗑藥啊？

要不然就是躁鬱症。

走了一段距離，前方人潮洶湧，放眼望去，好幾個色彩繽紛的大咖啡杯在地板上旋轉著，坐在上面的男男女女無不樂得開懷，笑容在每個人臉上綻放。

像極了偶像劇的片段，只要和心儀的對象坐在旋轉咖啡杯裡，隨著咖啡杯旋轉，彷彿能隔開周圍的一切，置身於兩人獨處的小小世界，好不浪漫。

真虧賴義豪能想到旋轉咖啡杯這項遊樂設施，不會太過刺激，也不會被別人打擾，為了轉動屁股下的咖啡杯，還需要兩人同心協力，方能增進彼此的感情。

只不過，如此老少皆宜的遊樂設施，怎麼可能會沒人玩呢？

黃芯婷和賴義豪兩人好不容易到了旋轉咖啡杯的排隊處，卻見人海茫茫、大排長龍，輪到他們時，恐怕已經過一個小時了吧。

賴義豪不說二話便加入了排隊，耐性十足，反之黃芯婷就沒這麼好的耐心了，她不停踮腳看著前方不見盡頭的隊伍，又是跺腳、又是嘟嘴，一副不耐煩的樣子。

「還是你們先去找別的遊樂設施玩吧？」我躲在一處涼亭下，喝著可樂。

『不要。』黃芯婷。

「為什麼？」我好奇的問，順勢喝了口可樂。相較正在隊伍中人擠人的黃芯婷，我可悠哉多了。

黃芯婷站在賴義豪身後，低聲的說：『我……我也想玩啊，旋轉咖啡杯什麼的。』

「好，那你們慢慢排隊，我就在正後方的涼亭下，悠悠哉哉，喝著飲料。」我笑道。

『我不想排隊了。』黃芯婷果然只有三分鐘熱度。

「哈，那妳打算怎麼辦？」我享受著涼亭下的愜意，前方那大排長龍的隊伍中，不少人已等得不耐煩，卻無奈隊伍只能緩緩前進。

『看我的吧！』對講機傳來黃芯婷得意的笑聲。

似乎能看見黃芯婷發動超能力的瞬間，會產生一道刺眼的光芒，瞬間就結束了，普通人可能毫無感覺，也許是我和她相處太久了，才會注意到這個細節。

「突然不想玩了耶！」

「排好久喔，先玩別的好了！」

「我覺得旋轉木馬比較好玩。」

「肚子餓了，先去吃飯吧！」

也不知道是怎麼回事，大排長龍的人潮迅速減少，每個人都放棄了排隊的念頭，紛紛散場。一轉眼，就輪到了賴義豪和黃芯婷兩人，根本排不到五分鐘。

「大家怎麼突然都不想玩了？」賴義豪走進咖啡杯中，還感到十分困惑。

「不知道耶。」黃芯婷呵呵笑。

位於涼亭下的我當然是目瞪口呆了，這超能力也太方便了吧？

連人類的想法都能改變，會不會太荒謬了點？

「喂喂喂，妳的超能力連人類的想法都能改變喔？」我直問。

『只能改變一瞬間而已，那群人馬上就會後悔，然後回來排隊了。』

「切，才一瞬間而已喔？爛透了！」我失笑。

『信不信一瞬間就能讓你吃下狗大便？』

「信～當然信，千萬別這樣啊，拜託妳！」我嚇得向對講機下跪，好像在拜神一樣求饒。被痛扁也就算了，假使我真的吃了排泄物，形象不僅毀於旦夕，甚至永不得翻身啊！往後人們看到我，都不是叫我「校園男神」，而是「吃屎男神」了吧！

他們兩人坐上旋轉咖啡杯後，控制臺發出「嗶——」的聲響，告知所有人旋轉咖啡杯即將啟動，圍繞四周的喇叭也開始播放輕快的音樂，「咚！」一聲，咖啡杯開始旋轉，同時不少坐在咖啡杯上的女生發出驚呼。

女生真的很奇怪，雲霄飛車又快又刺激那就算了，旋轉咖啡杯既緩慢又愜意，為什麼還要尖叫呢？

看著黃芯婷和賴義豪兩人在咖啡杯內玩得不亦樂乎，我大口喝著可樂，努力壓抑內心不斷泛出的情感，然後全神貫注在幫助黃芯婷約會的重要任務上，好逃避自己總是在吶喊的靈魂。

再撐一下下就好，一切就會結束。

即使是悲劇，也要畫上最完美的句點，才不會有遺憾。

手托著額頭，我閉著眼不看黃芯婷和賴義豪兩人，深怕控制不住騷動不安的情感，內心起了漣漪，只要一不注意，便會成了驚滔駭浪，一發不可收拾。

這時，耳機傳來黃芯婷和賴義豪的談話聲。

『我第一次坐旋轉咖啡杯，好好玩喔！』

『嗯，用手轉中間的圓桿，可以讓咖啡杯轉得更快。』

『可以嗎？』黃芯婷十分興奮。

『嗯，不過這個圓桿很重，恐怕沒那麼好轉喔。』

聽完他們兩人的對話後，我瞬間睜大眼睛，拿起對講機試圖阻止黃芯婷，但是已經太遲了。

「……是龍捲風還是戰鬥陀螺？」

我和一群圍觀的遊客無不目瞪口呆，看著旋轉咖啡杯內，一座咖啡杯以急速旋轉，速度之快，周圍甚至起了火燄、颳起狂風，其他咖啡杯上的遊客紛紛嚇得落荒而逃，控制臺的工讀生緊急停下旋轉咖啡杯的運作，卻毫無效用，黃芯婷和賴義豪坐著的那一座旋轉咖啡杯仍是以龍捲風般的速度旋轉著，威力甚強，周遭的樹葉全被捲了起來，猶如颱風過境般驚人。

「笨蛋，妳快停下來啊！」我朝對講機大叫，這時根本顧不得聲音大小，反正圍觀的人注意力全在那座急速旋轉的咖啡杯上。

『呀哈哈哈——』黃芯婷開懷的笑聲從耳機傳來，她雀躍的說：『做作男你沒有來玩真是太可惜了，好好玩喔！』

「噗哧！」我忍不住笑了出來，能把旋轉咖啡杯玩成這樣，全臺灣，不，全世界也只有黃芯婷一人了吧。

想了一會，我感到不對勁，「等等，賴義豪呢？」

『啊，他似乎沒影響呢！』黃芯婷小聲的說。

「真的假的？你們的旋轉咖啡杯根本是颱風，賴義豪居然沒影響？」我不敢置信。

黃芯婷：『對啊，他好像也玩得很高興，完全沒注意到我！』

「怎麼樣的高興法？」我泛起一絲不祥的預感。

『啊……就……雙手隨風搖擺、兩眼翻白，笑得很開心，還口吐白沫耶！』

他根本是昏過去了吧！！！！！

「快停下來啊，圍觀的人越來越多了！」我再次慘叫。

『哦，好啦！』

發現圍觀的人數眾多，黃芯婷這才罷手，停下如颱風般的旋轉咖啡杯。同時，賴義豪也恢復了意識，真是強大的生命力。

「對不起、對不起，實在非常抱歉……」控制臺的工讀生臉色蒼白，不斷向賴義豪和黃芯婷兩人道歉。

啊，真是可憐。

任誰也想不到，旋轉咖啡杯會這樣急速旋轉並不是系統出了問題，而是黃芯婷的怪力之強，搬動中間的圓桿對她來說完全不費吹灰之力，咖啡杯自然高速旋轉了。

「今天……遊樂園的設施系統真奇怪。」乍看之下賴義豪是腿軟了，不過好面子的他似乎故作鎮定，一步一步緩緩地走著，說什麼也不接受別人的幫助。

看著面色鐵青的賴義豪，涼亭下的我又是一陣爆笑。

哈哈哈賴義豪，想不到吧！

和黃芯婷相處絕對要有超人般的體質、像小強一樣打不死的生命力啊！

「接下來我想玩旋轉木馬！」黃芯婷開心的喊道。

這回黃芯婷是玩開來了，完全忘記和賴義豪約會的事情，滿腦子都是遊樂設施，走路開始蹦蹦跳跳，像個小孩似的。

用念力把雲霄飛車加速變成死亡列車也好，用怪力把旋轉咖啡杯玩成颱風過境也罷，從以前她就是個把別人的便當扔下樓，把人帶到萬丈公尺的高空中，胡搞瞎搞、毫無邏輯的人。

這樣亂來的她，才是我認識的黃芯婷。

看著黃芯婷開心的神情，我跟在他們兩人後方的腳步越來越緩慢，直到他們的身影逐漸消失在人海之中，黃芯婷雀躍哼歌的聲音還是從耳機裡不停傳來。

他們到了旋轉木馬，很幸運的不用排隊，遊樂設施上繽紛的霓虹燈、五顏六色的小馬與獨角獸，還有王子的白馬與聖誕老公公的雪橇，非常夢幻。

黃芯婷原本選了一匹黑色、高大的馬兒，卻因為太高了，爬不上去而放棄，取而代之的是一匹兒童專用的黃色小馬。

賴義豪則選了位於黃芯婷身旁的白馬，好像白馬王子似的。

控制臺發出警鈴，周遭播放出浪漫的音樂，霓紅燈交叉照耀，好像活在夢境般一樣，黃芯婷可是笑得不亦樂乎。

看著旋轉木馬開始緩緩地轉動，我拔下耳機，轉過身，背對著我的幸福。

屬於王子與公主浪漫的音樂逐漸大聲了起來，環繞著整座旋轉木馬，那首幸福快樂的曲子並不屬於我。

「接下來，好好把握妳的幸福吧。」我拿著對講機講完這句話後，隨手一扔。

藍士仁，你沒有失去，她本來就不屬於你。

藍士仁，你是不是錯過真愛了，已經無所謂了。

藍士仁，祝福，也是一種愛，這是在戀愛遊戲裡學不到的。

藍士仁，你千萬別流淚。

儘管不斷的告訴自己別哭，眼淚還是不爭氣的流了下來，我停下腳步，不捨的轉過身，還奢望再看一眼她的臉。

只見賴義豪以公主抱的姿勢，抱著太過興奮而不慎跌落的黃芯婷。

急劇跳動的心臟看見這一幕，逐漸慢了下來，溫熱的淚水也變得冰冷，急促的呼吸化作一聲長嘆。

狂奔的雙腿取代了沉重的步伐，能跑多遠，就跑多遠吧……

「妳沒事吧！」

「沒事啦，嘿嘿嘿~真的好好玩喔，做作男！」

「妳……叫我什麼？」

也不知道在遊樂園內徘徊了多久，天色暗了，許多遊樂設施都停擺了，遊樂園內的餐廳燈火通明，唯一還在運作的大概就只剩約會至尊——浪漫的摩天輪了吧。

五顏六色的燈光照亮摩天輪，滿天星斗的夜空下，情侶們在園區裡相依畏；天氣很冷，不少情侶用同一條圍巾纏繞著彼此，手牽手散步，十分浪漫。

突兀如我穿著韓系大衣，手插口袋，隻身在園區內像個幽魂似的徘徊，漫無目的。同樣孤單的晚風迎面襲來，穿透大衣吹涼了我的心、風乾了留戀眼眶的淚，即使凍得口呼白霧，都好過不停淌血的心。

手機響得我心煩，於是將它關機。我走遍了遊樂園，即使不刻意避開賴義豪和黃芯婷兩人，也從來沒有碰面過。

心裡更不由衷的去想，也許這是老天注定的，完成任務後，我就會恢復以往的生活。孤單一個人，隱瞞自己的真面目，戴著虛偽的笑容、完美的面具，面對生活碰上的任何人事物。除了黃芯婷，再也不會有人能看見我真實的模樣了吧。

走著走著，遊樂園的大門就在眼前。

這時背後傳來一聲甜美的娃娃音，再熟悉不過的聲音。

「喂！」

我還在猶豫要不要轉身，她直接在背後破口大罵。

「你幹嘛把對講機丟掉啊？電話又關機？白目耶！」

噗哧，都已經有男朋友了，還管我幹嘛呢？

我轉過身看向她，黃芯婷。

夜色不比她甜美的臉蛋，皎潔的月完敗在她白皙的肌膚下，滿天星斗比不過她翠綠眼眸裡的璀璨，嬌小的身體、纖細的四肢，彷彿全世界的可愛都在這裡了。

晚風代替我渴望的手，撫起她輕柔如水的秀髮，在閃爍不定的路燈下還是這麼耀眼。

「已經，結束了。」眼裡的淚水代替我將嘴角拉起，勉強做出一抹微笑。

「什麼結束了？」黃芯婷一怔，神情不解的看著我。

「幫妳追賴義豪的任務已經結束了，從今天開始我們不要再見面了。」

「為、為什麼？」黃芯婷表情大變，激動地走近我。

「總之——」我伸出手阻止黃芯婷繼續接近，面無表情的說：「妳要記住，屬於自己的幸福，只能靠自己的雙手捉住。對於感情，無論對方是什麼樣的人，喜歡著誰，那些都不是妳該注意的，真正必須正視的，是自己的內心。」

這些話，到底是說給黃芯婷聽，還是我自己？

「我……我很努力了啊，我已經鼓起勇氣去正視……」黃芯婷異常激動，甚至伸出手想抓住我。

向後退一步，我立即拉開與她的距離。

我近乎崩潰的嘶吼：「既然如此，喜歡他，就坦率的說出來吧！否則——幸福會溜走的，當妳發現的時候，一切……一切就來不及了！」

為了掩飾奪眶而出的淚水，我仰頭看著天空喊道：「千萬別讓幸福溜走，好嗎？就算妳有超能力，就算妳能回到過去，妳也會發現……溜走的幸福再也回不來了！」

沒錯，我的幸福已經溜走了。

即便妳站在我眼前，妳也絕對不會知道，我愛妳。

激動後，黃芯婷也低著頭，不發一語。

「原本，還想繼續和妳做朋友的……」看著黃芯婷，我苦笑著說：「可是我發現自己沒辦法……」

我對妳的感情，早已超越了朋友。即使退一萬步來到朋友的名義，我還是停不住內心渴望擁抱妳的衝動。

「其實……其實我……」黃芯婷嬌小的身體顫抖，講話變得支支吾吾。

要斷，就斷得乾淨點吧！

藍士仁，別讓自私的感情，破壞了她好不容易得到的戀愛。

不等黃芯婷把話講完，我冷冷的說：「其實，我很討厭妳。」

「咦？」

看著黃芯婷錯愕的表情，我的眼神變得十分空洞。

「我真的很討厭妳——討厭得不得了！」我崩潰大叫，突兀的舉動嚇了黃芯婷一跳。

我真的很喜歡妳，喜歡的不得了！

為了自己掩飾哽咽的聲音，我不顧喉嚨的痛楚，再次嘶吼：「所以，不要再讓我看到

妳了！」

我怕再見到妳時，自己會不顧一切的去愛妳，甚至破壞了妳與他得來不易的幸福，這樣的我好醜陋，所以拜託，別見面，讓我保留最後完美的形象。

「我……我知道了！」

黃芯婷忽然大哭，那甜美的聲音真的不適合心痛的悲鳴，聽得我心如刀割，卻還是將安慰她的衝動強忍了下來。

「這是第二次，你說不想見到我了！」

我背對著黃芯婷，任憑她哭吼。

「嗯。」我點頭。

「…………」

黃芯婷突然沉默不語。

我轉過頭時，背後已經空無一人，徒留流星墜落的夜空與泛黃燈光下，孤身拉長影子的我。

一切，都結束了。

計程車駛入遊樂園大門，就連車頭燈刺眼的光芒都看起來那麼空虛，走近後座開啟車門的一剎那，我看見車窗倒映著自己的表情。

啊……

第一次失控發脾氣時，我對黃芯婷說「再也不想見到妳了」，她不但沒有暴怒、沒有痛扁我，反而露出一臉令我無法理解的神情，而這個疑惑也困擾了我好久。

看著車窗上的自己，這才恍然大悟。眼眶泛著淚，連微笑都沒辦法的嘴角……這世間的人、事、物，本來就不屬於任何人，我終究是失去了。

失去的不是別的東西，而是自己的心。

原來，黃芯婷當時的表情，讀作「心碎」。

一切，都結束了。

第十八章

男人心碎也會哭好不好……

搭上計程車時，剛好下起了大雨，月亮被黑雲遮蔽，沒有一絲光芒。

高速公路上路燈明亮，急駛的汽車呼嘯而過，車燈也亮得刺眼，玻璃反映著我面無表情的臉龐，從清晰的淚痕看見過往的種種。從後照鏡看見司機疲憊的神情，眼神空洞的盯著前方，像個機器人開著車，而此時電臺正巧撥放訴說失戀的流行音樂。

以前我不懂那些失戀情歌裡的涵義，即便懂了也無法感受，現在的我卻能感同身受，歌手奮力地唱出一字一句心碎，直搗我的靈魂，不爭氣的眼淚又流了下來。

原來如此，我不是讀懂了歌詞的涵義，而是歌詞寫出了我的故事、歌手唱出了我的心情。過去無法明白那些失戀情歌的動人之處，現在，受傷的心卻起了共鳴，每當聽見似曾相識的歌詞，腦海裡就會不停湧出我與她的相處片段。

我無法阻止回憶入侵，無法阻止眼淚出走，無法挽留她在身旁……

我好沒用。

真的好沒用。

計程車還沒到家，我便下了車，站在風雨交織、無人的校門口前，烏漆抹黑，什麼也看不清楚。只剩下警衛室微弱的燈光，在夜中枯守。

頭髮塌了，髮蠟流了下來，衣服也濕了。不清楚是雨水還是淚水，眼前一片模糊，像是平靜的湖起了漣漪，漣漪暈開，潰堤的心靈被勢破如竹的回憶攻陷……

開學時，校門口警衛室旁，看見黃芯婷鼓起勇氣向賴義豪告白，最終宣告失敗。也因為那次的告白失敗，牽起了我與她的姻緣。

還記得第一次黃芯婷利用超能力威脅我時，將我一把抓住，跳了好幾尺那麼高，轉眼就突破了對流層，連躲在水平線彼端的夕陽都被我們看見了。

萬丈高空那次，我真的嚇得魂飛魄散呢，連欣賞美景的雅興都沒有，只顧著向黃芯婷求饒。

如果再有一次機會，我一定會好好把握，仔細看清楚夕陽西沉的美景；如果再有一次機會，我一定會抓緊她的手，仔細看清楚她甜美的臉龐。

即使她的面容早已深刻在我心底，揮之不去。

不知道走了多久，感覺只有一轉眼的時間，全身溼透、狼狽不堪的我站在家門前。

「已經……到家了啊？」嘆了口氣，伸手進積水的口袋，我摸出鑰匙。

電梯內的寂靜彷彿無形的殺手，只要稍不留神就會將我的悲傷刺穿。我只能盡量放空自己，什麼都不去想，電梯到站後，我害怕地踏出一步。

還是躲不開強襲而來的回憶。

那一天、那一幕，清晰地衝擊我的腦海……

記得黃芯婷第一次住在我家的隔天，上課快遲到了，我在電梯內等得不耐煩，黃芯婷卻對著老媽扭扭捏捏的，欲言又止。

直到老媽溫柔的問，黃芯婷才彆扭的說出「那我出門了喔！」這番撒嬌的話。

只不過是被老媽摸著頭，黃芯婷就能露出洋溢幸福的笑容。

多麼可愛的女孩。

我卻錯過了。

「嗚嗚……嗚嗚嗚……」難以承受的心酸，我趕緊用手掩著嘴，卻還是忍不住嚎啕大

不可以用
超能力
談戀愛
02 END
NOVEL
南門椅子
ILLUST
Flyking
賭上戀愛遊戲之神
的戰爭即將開始！
全套2集，全國各大書店、租書店、網路書店持續熱賣中！
一起來攻略超能力美少女！
典藏閣
華文聯合出版平台
www.book4u.com.tw
采舍國際
www.silkbook.com
不思議工作室
立即搜尋
版權所有© Copyright 2015

哭了起來。

深怕被門內的老媽聽見，我背靠著牆，任憑悲痛與懊悔撕裂我的心。

「嗚嗚……咳呃！」

藍士仁，你不是告訴自己，退讓與祝福是最好的選擇嗎？

為什麼你卻難過得無法自拔？為什麼你的眼淚一點也不甘願？

妳不是有超能力嗎？拜託妳聽見我的心聲好不好？

拜託看見我為妳哭泣的模樣，拜託明白我想挽留妳的心。

失去靈魂的軀殼，拖行著沉甸甸的腳步，回到房間後，最難忍的悲痛再次波濤洶湧而來，一次次摧殘遍體鱗傷的心。誰說回憶永遠是美好的？接踵而來的記憶重擊著我，最後痛得跌坐在地上，哭到抽蓄、喊到嘶啞，妳也聽不見。

牆上貼著《峽谷末日V》的限量海報，當時碰上搶劫案，我意外中了一槍，妳不但救了我，甚至還記得我想買的遊戲光碟和限量周邊。

這個房間還殘留著妳的髮香，雖然夾雜了蕾姆．蒂絲娜濃厚的香水味，但，唯獨妳身上那股淡淡的水果香，我絕不會忘記、也不會搞混——畢竟，那是第一個出現在我房間的香味。

妳總是無聲無息的出現，不請自來，濫用瞬間移動，無論是我在睡覺的時候、開心的時候，還是難過的時候。

在我面前，妳的表情特別豐富，每個神情都是妳率直的表現，妳不做作，妳暴力又溫柔，妳粗心又體貼，妳彆扭卻勇敢。

「什麼戀愛遊戲達人嘛！」懊悔、狂怒的我將桌上的遊戲光碟掃了一地，踢翻椅子，無助的趴在床邊痛哭，「連自己喜歡的人無法挽留……算什麼戀愛遊戲達人啊……」

心碎，妳微笑的神情就會出現在眼前，笑得好甜美，甜美得好殘忍。

一想到再也看不見妳的笑容，我的心就會揪在一起，即便流乾了眼淚、榨乾了血，對妳的喜歡還是說不出口，這份喜歡早已嵌在心裡根生蒂固。

然而——

黃芯婷喜歡賴義豪。

男女主角早已既定，妳只不過是請我來當配角而已，當個幫助女主角的配角，當個默默付出的配角，而我也以為自己很願意當那個配角。

「藍士仁，你真是笨蛋……」

直到快失去妳了，才發現自己無法自拔的愛上妳；直到失去了，才發現自己痛不欲生的不能沒有妳。

「嗚嗚……嗚嗚嗚嗚……對不起……對不起……」

「嗚啊啊啊啊——」

這是失去靈魂、失去愛、失去妳的夜晚，沒有睡意、沒有快樂，只有眼淚與懊悔相伴。

○●○●○●○

「喂，做作男！」

「……呃……」

「快點起床啦，你到底要睡到幾點？」

「黃芯婷！」

我驚呼一聲，從床邊跳起，才發覺只是一場夢，鏡子裡布滿血絲的眼睛與清晰的淚痕，訴說事實是個殘忍的結局。

黃芯婷，已經不在我身旁了。

房門外傳來老媽敲門的聲音，我手撐著膝蓋，勉強地爬了起來，踉踉蹌蹌走到旁邊。打開門後，老媽看見我的模樣稍感吃驚，接著還是老樣子的催促我去上課。

「今天……我不想去。」我沒有太多情緒，只不過淡淡的說。

老媽看著我，輕輕嘆了口氣，伸手將我擁抱。

「士仁，無論多麼難過，媽媽都會在你身旁。」

聽見老媽這句話，差點又哭了出來，只是我忍住了，傷心難過自己承受就好，不希望讓老媽擔心。

「媽，對不起。」

「呵呵，你跟你爸真像。」

「咦？」

很少聽老媽開口談總是在國外工作的老爸，這還是第一次。

喔不，第二次，最初是老媽誤以為爸在國外有小三，氣得將爸最珍貴的高爾夫球桿折成兩半。

「你爸啊，只要他難過的時候，就會一直道歉呢，好像愧對所有人似的。」老媽笑著。

「老媽，爸總是在國外，妳不想念他嗎？」

「很想念他啊，不過，沒有任何事情可以阻擋相愛的兩個人，哪怕是距離。」

「那如果……中間隔著的不是距離，而是別人呢？是不是就只能祝福了……」

老媽噗哧笑了出來，令我有點難為情，果然對大人來說，我們的感情就像兒戲嗎？

「士仁啊，『祝福』是一件偉大的事，必須真心才能祝福，也因為真心，你才會感到快樂。」

「我……我很快樂啊，哈哈！」我故作無事，勉強自己笑了。

「你有什麼事情能騙得過媽媽呢？」老媽淺笑著，拍了拍我的肩，用溫柔的笑容鼓勵著我：「在祝福之前，你必須先面對自己的真心。人的感情是互相的，所以你不能自私的做出決定，否則會傷害自己，也可能傷害到別人。」

聽著老媽的話，我想起自己為了徹底斷乾淨與黃芯婷的關係，甚至說出了「討厭妳」這種傷人的話。

真懦弱啊，自己不敢面對，竟然利用言語來傷害最愛的人，藉此逃避現實。

「聽好了兒子，面對自己的真心，告訴她你的真心，之後才會是祝福。」老媽揚起慈祥的笑容，直呼：「人的心很複雜，即使有超能力也不可能明白，所以，非得本人親口告訴她，那個人才會明白喔。」

果然，什麼都瞞不過老媽呢。

比起老媽歷經滄桑而成熟的愛情，只不過是玩了幾百款戀愛遊戲的我，根本不算什麼。這份青澀的感情，因為我的自私和自以為是，擅自跳過了最重要的部分。

以為那樣的選擇是最好的，但是我錯了。

我還有什麼臉教訓黃芯婷「喜歡他就坦率的說出來吧！」這種話？

「老媽，妳有準備早餐嗎？」我擦去臉頰上的淚痕。

老媽聽見我的話，神情大變，著急得衝出房門邊喊：「慘啦，荷包蛋都燒焦了！」

沒錯，在祝福之前……我必須坦率的面對自己的內心，不必害怕自己的感情會破壞黃芯婷和賴義豪。

畢竟，愛情沒有想像中脆弱，懦弱的是人。

將手機開機，電量只剩下不到20%，昨天哭累了就昏睡，完全忘記幫手機充電，開機後未讀簡訊、未接來電的提示一個接一個跳出來，螢幕上顯示著黃芯婷、老媽、蕾姆．蒂絲娜的未接來電。

黃芯婷和老媽的來電是昨晚的事了，令我好奇的是蕾姆．蒂絲娜的來電，竟然是今天早上九點多，不就是幾分鐘之前嗎？

困惑的我回撥了蕾姆．蒂絲娜的電話，響了好幾聲始終沒有接通。

「怪了，蕾姆小姐這個時間打給我幹嘛？」

穿上校服後，我不疾不徐的走下樓，只見餐桌上擺了豐盛的早餐，還有一顆燒焦的荷包蛋。

「你怎麼還有時間坐著吃早餐啊？都已經遲到了！」老媽在廚房洗著餐具，還不忘唸我幾句。

我打開電視，悠哉地看著新聞，隨手拿起一片吐司就咬，「反正都遲到了，再趕也沒意義啊。」

這時，擺在桌上的手機突然響了起來，我瞥見是蕾姆．蒂絲娜的來電，立刻接起電話。

「喂，蕾姆小姐怎麼了？」

「士仁 Boy，能請你來學校一趟嗎？事態緊急！」蕾姆．蒂絲娜的語氣相當嚴肅，而且刻意壓低聲音，不像往常那麼豪邁。

「發生什麼事了？」我緊張的問。

「記得我在找的犯罪集團嗎？姐姐被他們抓走了……我們正被困在你的學校裡。」

不是謊話、不是開玩笑，我正巧看見電視新聞播放一則緊急插播，上頭的字幕斗大寫著「恐怖分子挾持人質，控制桃園一所高中，正與警方對峙不下」。

「黃芯婷被綁架？怎麼可能！」我失去理智的大叫：「她不是擁有超能力嗎？區區幾個恐怖分子，哪可能是她的對手！」

「……記得前陣子姐姐受傷的手臂嗎？」蕾姆．蒂絲娜的語氣十分凝重：「我們的超

能力會因為心情而受到影響，難過的時候超能力就會減弱。」

「姐姐在昨天晚上就完全失去了超能力，現在和普通人一樣！」

蕾姆・蒂絲娜的這一句話重重震撼了我，目瞪口呆看著新聞轉播的畫面，校門口外停了好幾臺警車，警察們不敢隨意攻堅，氣氛緊繃、事態緊急。

我久久無法言語，過了好一會才緩緩的說：「不、不用擔心……校門口外面都是警察，他們跑不掉的！」

「唉……Sad，這些恐怖分子來頭不小，出口被堵住根本不成問題，他們早準備了直升機，這樣拖下去，帶走姐姐是遲早的事。」蕾姆・蒂絲娜十分無奈。

蒂絲娜家族的超能力、黃芯婷的超能力，會因為難過而減弱，黃芯婷在昨晚喪失了所有的超能力，意思是她——難過到近乎崩潰嗎？

是我害的！

「媽，我去上課了！」

黃芯婷，我要保護她，即使我只是個普通人，我也想保護她。

拿起書包，我裝作一副快遲到的樣子想衝出門，卻忘了將電視新聞關上，老媽一見，很大聲的叫住了我。

「藍士仁，給我站住！」

「拜託，讓我去……」我明白那裡很危險，恐怖分子很殘忍，我也明白老媽一定擔心我，不肯讓我去，畢竟我終究只是個高中生。

可是，我已經不想獨自傷心了。

無法傾訴的心意、無法挽回的感情，這次，我一定要親口告訴她。

還以為老媽會全力阻止我前往學校，只見老媽舉著兩個便當，一個我的、一個黃芯婷的。老媽只說了句：「便當，要記得帶好。」

「……媽，謝謝妳！」我緊抱著老媽，不爭氣地哭了出來。

「要平安回來喔。」老媽慈祥笑著。

深信著自己深愛的男人，總是強忍著一顆忐忑不安的心，等待著自己深愛的男人歸來，無論是自己的丈夫或是兒子……這是我老媽，最偉大的媽媽。

○●○●○●○

黃芯婷昨晚因為痛徹心扉的難過而失去了所有的超能力，早上卻還是拜託蕾姆．蒂絲娜開車載她到學校上課，才會中了埋伏，如今恐怖分子已經控制了整間學校。

蕾姆．蒂絲娜和無辜的學生被關在體育館，黃芯婷則不知道被帶到哪裡去，唯一可以確認的是，她人目前還在校園內。

「士仁Boy聽好了，我的手槍全放在車上，就在校門口一輛紅色轎車內，你敲破玻璃把手槍帶給我！」

「沒問題！」趕往學校的路上，我和蕾姆．蒂絲娜保持著聯絡，問清事情過程。

等我趕到學校，已經過了中午。我看見路口停滿了警車和新聞轉播車，警車上方的藍紅燈不停閃爍，吸引了不少圍觀的民眾，校門前塞滿了搶頭條播報的新聞記者，以及面色嚴肅的警察。

我沒多久就找到了蕾姆．蒂絲娜所說的紅色轎車，立刻用石頭砸碎玻璃，果然在座位下方發現一個黑色皮箱。

「放得這麼神秘，一定是這個了吧！」趕緊將黑色皮箱打開，我看見裡面滿滿的——胸罩、內褲。

「妳為什麼要把內衣褲放在這種鬼地方啊！」我對著電話鬼叫。

「Oh Noooo——被你看到了，士仁Boy so sexy！」

我苦笑：「蕾姆小姐還有時間開玩笑啊？快告訴我手槍放在哪裡！」

「就椅子上啊。」

我抬頭一看，一把貨真價實的手槍竟然就正大光明的擺在車子的座位上，我的媽啊！該說蕾姆．蒂絲娜是隨性還是隨便，居然把手槍擺在這種顯眼的位置？

「拿到了嗎？」蕾姆．蒂絲娜的語氣變得嚴肅，恐怕是那群恐怖分子回來了。

「嗯，我翻牆進校園，從體育館後門進去。」我邊說著，想起回到過去時，國中生賴義豪翻牆的矯捷身手，於是我依樣畫葫蘆，輕而易舉的跳進校園。

操場上空無一人，看來所有學生都被帶去體育館作為人質了，附近還有穿著黑色西裝、體型魁梧的恐怖分子在巡視，難以接近。

我躡手躡腳、偷偷摸摸的走近體育館，附近巡視的恐怖分子在體育館外圍徘徊，我小心翼翼地躲在轉角處，多虧昨天在遊樂園練就一身高超的躲藏技巧，恐怖分子完全沒有發現我的存在。

「快到了！」

趁著恐怖分子轉身，我毫不猶豫地衝向體育館的後門，好巧不巧那個巡視的恐怖分子竟然又回過頭來，所幸我動作之快，翻身滾進體育館內。

真的好驚險，完全豁出去了我。

「士仁 Boy 你聽好了，留守在體育館內的恐怖分子有十人左右，手槍交給我之前，千萬不能被人發現。」透過手機，蕾姆．蒂絲娜低聲地說。

「嗯，那我該怎麼把手槍交給妳？」走進體育館後，我立刻看見一大票學生全坐在地上，各個神情不安，四周都是持槍的恐怖分子，相當危險。

躲在體育館的走廊旁，如果一直待在這，被發現也是遲早的事情。

到底該怎麼把手槍交給蕾姆．蒂絲娜？

「你直接走過來把手槍交給我。」蕾姆．蒂絲娜說。

「就這麼簡單？」我差點叫出來。居然這麼容易？那我躲在轉角想破頭，不就像個智障一樣？

「沒錯，我用超能力可以瞬間束縛在場的恐怖分子大約五秒的時間。」蕾姆．蒂絲娜邊說，刻意發出宏亮的咳嗽，好讓我發現她的所在位置。

「喂，別耍花樣啊！」穿著黑西裝的男人舉起手槍斥喝。

見狀，學生們嚇得慘叫，還有不少人害怕得哭了出來，所有人都在發抖。我稍微觀察了一下，留守體育館內的恐怖分子共十人，有的穿西裝、有的穿迷彩服，他們手中大多拿著殺傷力強大的步槍，各個是凶神惡煞、體型剽悍的壯漢。

換作是我，我也會哭吧，還可能嚇到尿褲子，不過——

現在不是害怕的時候，為了救黃芯婷，勇氣不斷湧出，哪怕犧牲性命，我也毫不畏懼。

這時，其中一名恐怖分子對空鳴槍，「砰！」一聲穿雲裂石的巨響，他瞪大著眼睛、面目猙獰地喊道：「你們最好不要耍什麼花樣啊，子彈不長眼，懂嗎！」

好啦，其實還是有一點點畏懼。

「就是現在！」

蕾姆．蒂絲娜忽然大叫一聲，從人群之中站了起來，顯得特別突兀，恐怖分子們的注意力全被她吸引了過去。緊繃的氣氛瞬間飆漲至最高點，害怕的學生們瞠目結舌，周圍的恐怖分子將槍口指著蕾姆．蒂絲娜，各個破口大罵不知道在吼些什麼。

不知道蕾姆．蒂絲娜何時發功，我也沒有想太多，立即拔腿衝出暗處轉角，距離較近的恐怖分子發現了我的存在，他們將槍口轉向我，看著那些壯漢猙獰恐怖的面孔，一陣寒意從腳底竄遍全身！儘管如此，我還是沒停下狂奔的腳步。

「殺了他們！」一陣騷動，被激怒的恐怖分子決定痛下殺手。

生死關頭，身旁的時間彷彿慢了下來，恐怖分子們將步槍舉起、閉眼瞄準的動作，在我眼裡就像慢動作一樣。

而我和蕾姆．蒂絲娜只不過幾公尺的距離，跑起來卻像幾百里那麼遠，感覺心臟都快迸出來了，我伸長手想將手槍交給蕾姆．蒂絲娜。即便眼睛不去看，也感覺得到至少有三到四個槍口瞄準了我，對方扣下扳機便能奪去我的小命。

「不能動了！」

「怎麼回事？」

「快點殺了他們啊！」

恐怖分子忽然一陣鬼吼鬼叫，每個人都維持著一個姿勢，動彈不得。見狀，我立刻明白蕾姆．蒂絲娜終於發功，利用念力束縛了他們的身體，我也加緊腳步，全力衝刺。

五秒。

四秒。

三秒。

兩秒。

「蕾姆小姐！」我喊道，順利將手槍交到蕾姆．蒂絲娜的手中。

一秒——

念力束縛結束的節骨眼，我看見後方的恐怖分子瞪大著眼睛、露出泛黃牙齒的猙獰面孔，「砰！」一聲槍響，硝煙從步槍冒出，子彈迅雷不及掩耳的射出，我嚇得雙手抱頭，趕緊趴在地上。

蕾姆．蒂絲娜奮力一滾，遠離了被挾持的學生們，數十發子彈以幾公分的誤差，驚險地穿過了蕾姆．蒂絲娜的身體，後方的牆壁被轟得滿目瘡痍，玻璃碎裂滿地，連體育器材室裡的健身器材都無一倖免，瞬間被射成蜂窩。

「砰！」槍聲再次響起，迴盪在體育館內，這次銷煙從蕾姆．蒂絲娜的手槍裡冒出。開完槍後，蕾姆．蒂絲娜立刻又躲到柱子後方，動作之快，轉眼間柱子也被掃射成蜂窩，躲在後方的蕾姆．蒂絲娜則毫髮無傷。

學生們又是尖叫、又是哭喊，置身於槍林彈雨間，他們也不知道該躲在哪裡，只能像個待宰羔羊似的，深怕流彈射中自己。我也好不到哪去，趴在地上心驚膽跳，祈禱著身手敏捷的蕾姆．蒂絲娜能趕緊解決這群恐怖分子。

「砰！」

以柱子作為掩護，蕾姆．蒂絲娜現身就是一槍，像極了槍戰電影裡的情結。

「砰砰砰砰砰砰砰砰砰砰砰！」

「砰砰砰砰砰砰砰砰砰砰砰砰砰！」

一陣陣激烈的攻防，蕾姆．蒂絲娜所到之處無不被轟成蜂窩，看似被壓制的蕾姆．蒂絲娜卻異常的冷靜，每槍必中、彈無虛發，反倒是恐怖分子那方，掃射的火力越來越弱。每當蕾姆．蒂絲娜開一槍，恐怖分子就會有一人倒下。

最後終於只剩下兩名恐怖分子，其中一人害怕的向另外一人喊道：「快點通報

BOSS，有特務混在人質裡面啊！」

「可惡！」恐怖分子才剛拿起腰際間的對講機，不知從何而來的一聲槍響，子彈打穿了對講機，順勢將恐怖分子的腦袋開花。

最後一名恐怖分子還來不及反應，蕾姆．蒂絲娜的身影忽然出現在他背後，以手槍堅硬的握把朝他腦後一砸，「咚！」一聲悶響。

「啊！」恐怖分子痛得慘叫，一會兒兩眼翻白、口吐白沫，筆直地倒了下去。

「好、好耶！」

「得救了──」

「大姐姐好厲害！」

見恐怖分子們全部被蕾姆．蒂絲娜擺平，學生們相擁而泣，開心的大叫了起來。

還有不少人圍著我，激動的問：「你是藍士仁吧？剛才你英勇的把槍交給那位大姐的模樣實在太帥了！」

「他就是藍士仁！」

「天啊，太勇敢了！」

「男神！」

「不愧是校園男神！」

此乃空前盛大的歡呼，被這麼多人讚賞、高呼著校園男神的情況還是第一次，不過我卻開心不起來。因為這份足以令我冒著生命危險的勇氣，並不是自己的；我真正想拯救的人，還在校園某處等待著我。

看著同樣被學生們包圍的蕾姆．蒂絲娜，她無暇回應激動的學生們，因為我們心知肚明，在救到黃芯婷、逮捕幕後黑手之前，這起事件還不算結束。

蕾姆．蒂絲娜將手機放在耳邊，正要開口說話時，我和她的視線對上，只見蕾姆．蒂絲娜突然表情大變，我也感到背脊發涼，不祥的預感湧上心頭。

「小心！」

蕾姆．蒂絲娜尖叫著，舉起手槍試圖瞄準，卻被包圍的學生們擋住，情急之際，她怎麼也擠不出的空隙來。

我不安的轉頭一看，只見身中兩槍、滿身是血卻沒死透的恐怖分子，睜著布滿血絲的眼睛死瞪著我，模樣說多恐怖就有多恐怖，而他手中的槍口早已瞄準了我。

既不是超能力者，又不是特務的我，在這種近距離下哪躲得掉電光石火的子彈呢？

「我……」

黃芯婷還在等我，她是不是流著淚、傷透了心？我不能在這裡倒下，我還有很多話要告訴黃芯婷。

我……無論如何都必須見到她。

「我不能死在這裡啊！」情緒湧上，我怪叫一聲衝向恐怖分子，試圖反抗。

「笨蛋——」蕾姆·蒂絲娜不敢置信的喊道。

我衝向恐怖分子的殘黨不過三步的距離，雖然危險，卻也只能放手一搏。只見那個恐怖分子在混亂中顯得十分冷靜，他悄悄後退了一步，我便在他的面前停了下來。

錯愕的我還來不及懊惱自己的魯莽，眼前是即將帶走我性命的槍口以及恐怖分子冷笑的神情。

正以為萬事休矣時，恐怖分子突然整個人朝我飛了過來，嚇得我側身閃避，接著他在地上跌了個四腳朝天，連手中的步槍都掉了。

「賴、賴義豪！」情急之時，竟然是賴義豪出手相救。

他趁著恐怖分子不注意時，從後方衝撞，使得對方重心不穩，大大摔了一跤。

「砰！」蕾姆．蒂絲娜見機不可失，迅速朝恐怖分子開了一槍，徹底將他擺平。

「其他人快離開這裡，他們的同黨馬上就會回來了！」蕾姆．蒂絲娜向學生們大喊，趕緊疏散在場所有人。

看著地上血流成河、橫屍遍野的模樣，還有誰會想留在體育館內？

學生們紛紛逃出體育館，轉眼體育館內只剩下我、蕾姆．蒂絲娜及賴義豪三人。

「賴義豪，我要去救黃芯婷，你要來嗎？」事態緊急，我問得相當急促。

只見賴義豪還是一樣面無表情，淡淡的說：「不了，就你去吧。」

不知道為什麼，聽見賴義豪說出這種話，我心中突然火冒三丈，接著氣得揪起他的領口大罵：「你知不知道黃芯婷多在乎你啊！她現在有危險了，你卻視而不見嗎？」

「……」賴義豪沒有反抗，還是冷冷的看著我。

為什麼黃芯婷會喜歡這種混蛋？

還以為賴義豪雖然平時難以親近，其實卻是個熱心助人，善良的人。

想不到我竟然看走眼了！

「你不是黃芯婷的男朋友嗎？為什麼不和我一起去救她！」

「不，我不是她的男朋友——」賴義豪推開我，接著說：「她並沒有向我告白，也沒有接受我的告白。」

「什麼？」我難以置信。昨天在遊樂園，我明明看見賴義豪抱住了黃芯婷。

「她真正在乎的人並不是我。你們兩個人都不敢面對自己內心的改變，才會導致這樣的局面。」

我看著賴義豪，卻不知道該說些什麼，因為他說的是事實。因為不敢面對自己的真心，為了逃避而編造謊言，傷了黃芯婷，害她失去超能力，才會讓恐怖分子趁虛而入，使全校學生陷入生命危險。

只見賴義豪拍了拍我的肩膀，眼鏡下他的眼神不如以往那麼機車、冷漠，反倒是出現了像朋友般的溫柔。

「所以該去救她的人，是你。」

「我……」

「她不是你最愛的人嗎？」

簡直不敢置信，自己聽見了什麼？賴義豪記得那件事。我瞠目結舌地看著他，「你、你還記得那件事……」

當時穿越時空回到過去，遇見國中時期的賴義豪，想不到他竟然還記得那件事！

賴義豪笑道：「雖然不知道為什麼那時候你要假扮成高中生，不過那個人確實是你沒錯吧？」

「嗯。」

過去不重要了，現在、未來，我要把握住屬於我的幸福。

「恐怖分子的同黨來了，士仁 Boy 你聽好——」蕾姆．蒂絲娜帶領我們躲到體育館的暗處，面色凝重的說：「剛才我們對付的那些壯漢只不過是手下而已，真正棘手的敵人是由女子特種部隊組成的犯罪集團。」

「女子？」

「沒錯，成員大概五人，全部都是女性。」蕾姆．蒂絲娜將她自己的手槍遞給了我。

「千萬別因為對方是女性就輕忽大意，她們的身手絕對比在場的壯漢要強上幾百倍，恐怕——」蕾姆．蒂絲娜的神情十分凝重，她語重心長的說：「恐怕，連我都不是對手。」

「無論如何，我都要救出黃芯婷。」我的意志堅定，就算對手有三頭六臂我也不怕。

「總之，士仁 Boy 你得先去查出姐姐的位置，恐怖分子以直升機作為接應……」

蕾姆・蒂絲娜轉頭看向窗外，我也隨之看去。

「我推測，她們應該在最高處的頂樓等待直升機到來，你必須找出來，然後用手機通知我。」蕾姆・蒂絲娜嚴肅的說道。

「嗯。」我點頭，但是將蕾姆・蒂絲娜遞上的手槍推回。

「士仁 Boy 別當兒戲，對方可是殺人不眨眼的恐怖分子！」

「我不需要槍。」

蕾姆・蒂絲娜神情錯愕地看著我，還有些惱怒：「士仁 Boy，就算恐怖分子全部都是女性，但終究是國際通緝犯，各個身手矯捷，都是冷血無情的殺手。」

「就因為她們全部都是女性，所以我才不需要槍。」

接下來——

就是戀愛遊戲達人大展身手的時候啦！

戀愛遊戲達人過關斬將攻四美！

離開體育館的前一刻，我看見又有大批持槍的恐怖分子湧入體育館內，蕾姆．蒂絲娜撿起掉落滿地的步槍展開激烈攻防，轉眼體育館又陷入槍林彈雨之間，強悍如蕾姆．蒂絲娜，雖然她一人就壓制了眾多恐怖分子，但終究寡不敵眾，繼續拖下去，子彈早晚會用完，戰敗也是遲早的事。

想到這裡，我更是心急如焚，跑了好一段路，還可以聽見體育館內激烈交戰的槍聲。

「最高的頂樓、最高的頂樓……」站在學校中央，我抬頭環顧著四周。天空蔚藍，平常這個時間應該是午休結束後的下課，睡眠不足的我和黃芯婷或許在鬥嘴，或許在討論如何博得賴義豪的青睞。

轉角那間廁所外的走廊，就是我和黃芯婷第一次相遇的地方，擦完ＢＢ霜後，陶醉在自己英俊外表的我，還以為全世界的女性都會被我迷倒。

不料才走出廁所，卻意外撞上了她。

那個不被我虛偽外表所吸引，赤裸裸看穿我的真實個性，也是最了解我的人。

「校園內最高的頂樓，大概就只剩下那裡了吧。」深深吸了一口氣，朝我們教室所在的那棟資訊大樓跑去。

不知道是不是巧合，接下來我狂奔而過的景色，都和平常沒有什麼兩樣，熟悉的走廊、熟悉的教室、熟悉的保溫箱，每一個角落都有我和她的記憶。

以往我只想著受人崇拜、愛慕，將形象視為一切，回過神才發現，再怎麼受歡迎，人們喜歡的終究只是我假冒出來的模樣，戴著完美面具的微笑。

真正的心卻是如此的空虛。

進入資訊大樓後，我立刻撞見一名身材火辣、胸部豐滿的亞裔女子，她有著一頭簡單俐落的短髮，身穿迷彩服，手持短槍，背後還有一把火力強大的 AK-47，走路時軍靴還發出「喀、喀……」沉甸甸的聲響，酷勁十足。

對方長相標緻，略輸黃芯婷，不過也稱得上是十足的美人；烏黑的眼眸暫時不提，最性感的莫過於她那豐滿的嘴唇，擦著淡粉色的唇蜜，彷彿散發著迷惑人心的甜味，蜜桃般令人忍不住想一親芳澤。

「什麼人！」發現一點風吹草動，那位豐唇美女竟然毫不猶豫朝轉角開槍。

「砰、砰、砰！」子彈竄出，無情地將學生們用來保存便當的保溫箱轟個稀爛。

「是我。」解開學生襯衫上面的兩顆鈕釦，露出精壯的胸膛，我將頭髮整理好，不疾不徐地出現在豐唇美女的面前。

「怎麼會有學生跑來這裡？」豐唇美女一見我只是普通學生，立刻鬆下緊繃的情緒，拿著手槍在我面前晃來晃去。

「小帥哥，你是迷路了嗎？」

「不，我是來找妳的。」我面不改色，用充滿電力的眼神直盯著她。

「找我？」

豐唇美女不愧是身經百戰的殺手，面對我魅力十足的模樣，只不過臉頰泛紅；若是普通女性，大概早已心花怒放，害羞得不知如何是好。

剛才躲在暗處觀察了一會，這位豐唇美女將迷彩外套脫下，特地將她傲人的雙峰露出，明明在出任務，卻還擦了唇蜜——想必目前單身，且談過幾次戀愛，男友多是草食男任憑她使喚，乏味無趣，久了自然就分手了。

她不講究安全性，反而將自己打扮得十分性感，可見正等待著白馬王子出現。

「沒錯，王子我一直在等待像妳一樣的女子出現。」我眼神如鷹，一副吃定她的模樣，腳步輕盈、優雅，面對豐唇美女手中的槍械一點也不感到畏懼。

「不、不要過來！」豐唇美女見我不斷逼近，嚇得舉起手槍來。

「別害怕，槍械如此冰冷骯髒，不適合溫柔賢淑的妳，兵器本是男人所持，怎麼輪得到如花似玉的妳呢？」我不顧槍口指著自己，甚至只要豐唇美女一發子彈就能將我擺平。

走近豐唇美女後，看出她大概矮我一些。我面帶溫柔的微笑，一雙深邃的眼眸裡藏了多少憂傷，直盯著她不知所措的神情，明顯感受到豐唇美女的內心動搖，名為少女心的小鹿亂竄著。

「要……要不是為了賺錢，我也不會加入這個組織啊……」豐唇美女全身顫抖，意志雖然動搖了，但還是將手槍指著我，不過卻主動說起了自己的苦衷：「我也不想拿手槍這種東西，又重又臭，可是男人根本靠不住！」

豐唇美女講得十分激動，我一個冷不防將她抱住，使她的額頭輕輕靠在我的肩膀上。

「瞧，這不是靠住了？」我溫柔的說。

「……」沉默不語的豐唇美女靠在我的肩上，只剩下她的身子微微顫抖。

「別再當壞人了，別再握住骯髒的槍械了，接下來讓王子我來照顧妳吧。」我牽起她的手，直到親吻手背前，還是一副自信十足、帥氣的四十五度角，直盯著滿臉通紅、心花怒放的她。

溫柔紳士王子男——絕招：親吻手背浪漫攻勢！

「好嗎？」我抬頭望向豐唇美女。

只見豐唇美女突然舉起手槍，雖然我面不改色，心裡卻嚇得半死，該不會沒有效果吧？這下慘了，這麼近的距離，根本閃不掉子彈啊！

「咚——鏘！」

槍械摔落一地的聲響在走廊間迴盪，只見豐唇美女連眼睛都變成了愛心，臉頰泛紅地抱住我的腰直呼：「好、好的，王子大人！」

「很好，接下來妳必須改頭換面、金盆洗手，不要再拿槍了，去體育館幫助無辜的學生們離開吧！」我搭著豐唇美女的肩膀說道。

「可、可是……我……」

「王子還有事在身……我真的只能靠妳了。」

見豐唇美女似乎還有些猶豫，我故作苦惱地皺著眉，掌心撐下巴、手指遮著臉龐，擺出招牌的憂鬱神情，帥氣迷人不失哀愁的模樣，激發所有雌性的母愛本能，說什麼也想幫上我的忙。

「是，王子，我立刻照辦！」豐唇女的眼睛還是愛心的形狀，就這麼離開趕往體育館。

溫柔紳士王子男 V.S 渴望白馬王子戀情的女人，攻略成功！

很快的我來到了二樓，所有教室裡空無一人，走廊上也不見恐怖分子的身影，躲在角落好一會，這層樓仍是鴉雀無聲，我才放心的走出樓梯口。

隱約能聽見從體育館方向傳來激烈的槍聲，堵在校門口外的警察還沒攻堅，圍觀的民眾越來越多，疲憊的太陽悄悄下沉，時間越來越急迫。

「哎唷，小弟弟怎麼會跑到這裡來呢？」

聲音伴隨著強大的寒意襲來，我立刻轉身一看，只見一位褐色長髮及腰、身穿馬甲的女人拿著一把短槍。和印象中的恐怖分子不同，她沒穿任何迷彩服，反而是火辣的黑色馬甲，擠出誘人的事業線，身高比剛才那位豐唇美女高上不少，修長的雙腿套著網狀絲襪更顯得撩人性感。

不過令我在意的是，她的肌膚上有著不少被鞭刑過的疤痕，恐怕是經歷過許多出生入死的場面，不幸被敵人俘虜拷問後所留下的傷口吧？

論長相，面前這位網襪女稍微普通了些，不過從她身上卻散發著異常危險的氣息。

我動也不動，只是靜靜地觀察著她。網襪女見狀，冷笑著問：「你不抵抗嗎？一下子就把你給殺了，很無聊呢。」

「姐姐我很喜歡痛楚，快點反抗一下啊哈哈哈！」

網襪女向距離我不遠的地面開了一槍，子彈「砰！」的一聲，將地板打穿一個洞，嗆鼻的硝煙瀰漫。

她剛剛說了，自己喜歡痛楚是吧？

我冷笑一聲，態度狂妄地說：「喂……誰准妳向我開槍了？」

「態度是滿囂張的啊！可是手無寸鐵的你，要怎麼阻止我向你開槍！」網襪女呵呵笑著，毫不畏懼地走近我。

當她走近到我伸手可及的範圍內，我突然冷冷的說：「妳這隻母豬，倒是滿聽話的！」

「什麼？」網襪女表情大變，不敢置信地怒視著我，似乎氣得想將我一槍斃了。

我伸出手抓住她的手槍，冷冷的笑：「這種東西不是母豬該拿的吧？給我趴下！」

「你瘋了嗎？信不信老娘殺了你！」網襪女大怒，舉腳向我一踹。

當她穿著高跟鞋的腳就快踢中時，看到我突然揚起嘴角冷笑，網襪女見狀，大聲喊道：「有詐！」立刻收回長腿，向後跳開。

同時，原本她手中的槍械也落到了我的手上。

「你以為有槍，我就沒辦法擺平你嗎？」網襪女舔舐自己的嘴唇，笑得十分淫穢。

「槍？」我哼哼笑著，將好不容易搶到手的槍扔掉。

「你、你瘋了嗎？」網襪女不敢置信地瞪大著眼睛，她怎麼也料想不到，只不過是個普通高中生的我，竟然會把好不容易搶到手的槍械丟掉。

「瘋了的是妳吧，在我面前還想反抗？」我手掌壓著臉，誇張的大笑。

「你當自己是誰啦！」網襪女怒斥，從腰間抽出一條又黑又長的鞭子。

「咻——啪！」

朝教室窗戶一甩，玻璃應聲爆裂，若是人體被這鞭子打到，哪怕只是一下，必定皮開肉綻、痛不欲生。

「把主人的東西拿來。」我仰著頭、一副高高在上的模樣，冷笑著扭動手指，示意網襪女將手中的鞭子交出來。

「誰會把武器交給你？腦子壞了嗎？」網襪女失笑，將鞭子向我身旁的飲水機一抽。

「碰！」

鐵製的飲水機竟然被鞭子打凹了，裡頭的礦泉水不斷噴出。

「如果妳再玩主人的鞭子，我就不欺負妳了。」被打壞的飲水機不停噴水，積水滲到腳旁，我仍是邪惡地笑著，彷彿掌控了大局，而網襪女則是被操弄於股掌間的玩物。

「這明明就是我的鞭子……」網襪女產生動搖，開始有些退怯。

「我說是我的，就是我的！」我大叫一聲，網襪女甚至嚇得跳了起來。

這世界講究的是氣魄，即使手無寸鐵，光靠我咄咄逼人的氣勢，便完全壓制了網襪女。她就好像獅子面前的小白兔，除了害怕、發抖，什麼也不能做。

只能聽令於我，任憑使喚。

「哪有這樣的……」網襪女臉頰泛紅，雖然面露難色，卻隱約能感覺到她的內心似乎很開心。

果然是個變態啊！。

老實的走近我後，網襪女將手中的黑色鞭子交給了我，接過鞭子的一瞬間，我還真嚇了一跳，想不到這個鞭子竟然是由細鐵製成，比想像中還重上幾倍，就連男生的我都難以揮舞。

這個網襪女力氣多大？方才她揮舞長鞭時那輕如鴻毛的模樣，簡直叫人不敢置信。

拿起鞭子，我靠在走廊暗處，利用陰影使臉蛋看起來更為邪惡，冷笑著說：「剛才誰准妳對我開槍了啊？」

高舉起手揮舞鞭子，使勁在網襪女身上一抽，「咻──啪！」應聲傳來網襪女詭異的呻吟，只見網襪女被鞭子抽打的部位立刻紅腫、瘀青。所幸鞭子太重，我的力氣太小，才沒有造成網襪女嚴重的傷害，否則皮開破綻、鮮血直流的樣子，光看我就頭昏了。

「啊啊──好痛、好舒服，不過主人你也打太小力了吧！」

網襪女緊抱著自己，蠕動身體，被鞭打竟然還興奮得渾身顫抖，不愧是變態中的變態。

「妳這個抖M懂什麼？」為了掩飾其實是力氣太小揮不動鞭子，我毫不猶豫的撒謊說道：「打得疼不就正合妳意嗎？讓妳稱心如意算什麼虐待狂？真正的抖S是虐心，不是虐身啊！」

這時只見網襪女的眼睛變成愛心的形狀，表情變得十分猥瑣，甚至還興奮的發出喘氣聲說：「哈嘶……哈嘶……你是我碰到最腹黑的抖S，太棒了！」

妳也是我碰過最變態的抖M啊！

我又用鞭子在網襪女身上抽打了幾下。

「咻、咻——啪！」

令人訝異的，她不但沒有感到害怕，反而變得更加興奮，喘息聲越來越急促，臉頰泛紅、身體不停蠕動，一雙狂亂眼神直盯著我：「再來、再來、再來、再來，還不夠啊！哦哦哦吼～～～」

我的媽啊，怎麼會有這麼變態的被虐狂！

「好了，今天就到這裡。」為了攻略抖M網襪女，我真的浪費了不少時間，必須趕緊離開這裡。

網襪女一見猛烈的攻勢停下，神情大變，像條鱷魚似的從地上爬了過來，緊緊抱住我的腳。

「哈嘶……主人，為什麼停下來了？」

「讓妳這麼高興，還算是虐待狂嗎？」我冷笑一聲，將長鞭遞還給網襪女。

她一臉失望的拿過長鞭，困惑地望著我。

「來，用長鞭把自己綁起來。」

「咦？怎麼綁啊，我不會啦，主人你來綁！」網襪女不知道為什麼有點開心，像個花痴似的扭動身體，好像巴不得我用鞭子將她綁起來。

「不會綁就算了。」我冷冷道。

下一秒，網襪女整個人被鞭子捆住，開心地喊道：「綁好了，龜甲縛！」

也太快了吧！

到底要怎麼做才能在一瞬間用龜甲縛把自己綁起來啊！！

「咳！」用輕咳掩飾內心的震撼，我確定網襪女身上的龜甲縛是否牢固得令她無法掙脫後，才放心地轉身走往通向第三層的樓梯。

「主、主人你要去哪啊！」網襪女驚見我扔下她走掉，著急地在後方哭喊：「我還沒玩夠耶——真是的！每個男人都一樣，知道了我的特殊癖好後，就會離我而去！」

我不確定網襪女剛才哭喊的鬼叫中是否有一聲哽咽，不過我卻在樓梯口停了下來。慢慢的轉過身，我面無表情地看著網襪女，冷笑說：「離妳而去？哪這麼簡單放妳一馬！」

「咦？」變態如網襪女，她聽見這種嚇人的話，竟然還能開心得破涕為笑。

「主人有事在身，妳就乖乖待在那，享受放置PLAY吧！」語畢，我立刻轉身走向樓梯，邁向第三層。

步上階梯時，我還能聽見身後傳來網襪女興奮的歡呼聲：「放、放置PLAY？這就是放置PLAY……太……太棒啦！哈嘶～」

冷酷鬼畜腹黑男V.S變態抖M被虐女，攻略成功！

○●○●○●○

「呼……呼呼……」

平時沒什麼在運動的我，在樓梯間狂奔時更感吃力。雖然順利攻略了兩個敵人，不過我早已汗流浹背、氣喘如牛，疲憊不堪。

通往第三層的樓梯只剩下一段距離，我累得手撐著膝蓋，讓自己稍微喘口氣，衣服都被汗水沾濕，搞不好臉上的ＢＢ霜也化開了，非常狼狽。

這時，窗外傳來螺旋槳轉動的噪音，靠近窗戶一看，一臺黑色直升機正接近這棟建築的頂樓。

「果然被蕾姆小姐說中了，這臺直升機一定是來幫助恐怖分子逃脫的！」

見狀，我更是心急如焚，也顧不得體力透支的身體，只能硬著頭皮衝上樓梯。

假如我失敗了，就再也見不到黃芯婷了……

這樣的結局，我不要——絕對不要！

「來吧，第三層的傢伙！」衝出樓梯口那一刻，我氣勢如虹，彷彿天不怕地不怕的勇者，胸有成竹的迎擊接下來的敵人。

但，下一秒我愣住了。

敵人不是穿著迷彩服、露出豐滿胸圍的潑辣大姐，也不是身穿馬甲、隨身攜帶鞭子的重度被虐狂，而是個年紀比我還小，乍看下與黃芯婷差不多身高的小蘿莉。

她的臉蛋稚氣，還有點嬰兒肥，一雙天真無邪的大眼睛，似乎也很訝異突然出現在面前的我。

她那吃驚的模樣好單純、好可愛，像個受驚的小天使。

即使在寒冷的冬天也堅持穿夏季短袖的水手服和短裙，綁著夢幻可愛的雙馬尾，想必是個十分體貼男性的小妹妹，我代表全天下的蘿莉控向妳致敬！

「你、你是誰？」水手服小妹妹臉色一變，舉起手中的雙槍。

原來她的武器是雙槍啊！既是雙馬尾蘿莉，又是雙槍殺手，有如卡通動畫般的人物竟然活生生站在我面前，雖然是敵人，可我還真不知道該興奮還是該畏懼。

被水手服小妹妹用雙槍指著，我多少還是有點害怕。

「呃……」我背後狂冒冷汗，衝上樓梯的時候太過魯莽，忘了先觀察敵人的個性與屬性，導致現在進退兩難的局面。

藍士仁，你是笨蛋嗎？

來不及思考對策，我隨口就說：「我是王子。」

像水手服小妹妹這樣的年紀，應該都喜歡在夢幻童話中，那種溫柔優雅、又高大英俊的王子吧？

雖然在第一層的時候，已經用王子屬性攻略過純情的豐唇女，不過我相信，故技重施也並非壞事。

「王、王子先生，對不起，BOSS 有交代過，不能讓任何人通過這裡！」

水手服小妹妹舉起雙槍，我還來不及阻止她，穿雲裂石的槍聲震耳欲聾，我像被獵殺的小動物落荒而逃。

「砰！砰！砰！」

子彈橫掃，擊碎了玻璃，教室的門也被轟得滿目瘡痍，一個個彈孔冒出白煙。

所幸我逃跑功夫一流，又是翻身、又是打滾，子彈擊中地面濺起的火花和我的手掌僅差這麼幾公分的距離，只要一不留神，身上就會出現好幾個彈孔，然後鮮血直流，痛苦的死去。

狼狽的逃回牆角，水手服小妹妹並沒有繼續追上來。死裡逃生後，我嚇得整張臉慘白，不停喘氣、心跳劇烈，好險沒有尿褲子，否則什麼形象都做不出來了。

這時我聽見走廊上傳來水手服小妹妹喃喃自語的聲音：「大哥哥對不起……對不起……我也不想開槍打你，可是……我不能違背 BOSS 的命令。」

透過飲水機光滑鐵板上的反射，我看見水手服小妹妹模糊的身影，她那張天使般稚氣的臉龐竟然眉頭緊鎖、滿面哀傷，似乎相當過意不去。

我稍微探出頭來，驚見水手服小妹妹梨花帶淚的容貌，內心「撲通」震了好大一下。

腦海中，水手服小妹妹的身影不自覺的和黃芯婷重疊，同樣年幼的她們，被迫成為殺人工具、被追殺，只因為大人們醜陋的戰爭，使得她們的童年陷入水深火熱，過著與平凡幸福完全不相干的日子。

照理說，水手服小妹妹這個年紀的孩子，應該快快樂樂的在學校上課、交朋友，暗戀田徑隊的學長，談場青澀、刻苦銘心的戀愛。

而不是在這裡開槍殺人啊！

「砰！」

子彈將牆角旁的地板打出個洞，濃厚的硝煙味裊裊升起。看來水手服小妹妹知道我躲在牆邊，每開一槍，她就不斷的向我道歉，哽咽著連話都說不清楚。

「大哥哥，我不想再殺人了……拜託你快逃好嗎？」水手服小妹妹舉著雙槍。

她明明占盡優勢，卻還向我苦苦哀求。

黃芯婷，妳是不是也像她一樣？

明明可以交朋友，可以和大家打成一片，卻因為自己異於常人，深怕周遭的朋友受到波及，所以不肯敞開心房，寧願孤單一個人，在教室、在空盪的別墅裡飽受寂寞的煎熬。

謝謝妳。

謝謝妳願意告訴我，自己擁有超能力這件事，謝謝妳願意相信我。

「不要靠近這裡！」水手服小妹妹一見我從轉角走出，閉上眼、盲開一槍。

「砰！」

子彈貫穿了我的大腿，瞬間鮮血直流，劇痛傳遍全身，近乎昏厥的痛苦逼得我差點忍不住哀號。

水手服小妹妹膽顫心驚地張開她的眼睛，然後一見我沾滿鮮血的褲子，就難以置信的哭喊道：「為什麼不躲開？」

大腿中槍令我移動變得緩慢，拖著沉重的步伐，我緩緩靠近水手服小妹妹。

有如受驚的兔子，水手服小妹妹向後跳了一步，再次舉起雙槍瞄準我。

「不要再過來了……不然我、不然我……」

「妹妹，把槍放下吧。」我哀傷地看著她，不怪她開槍打傷了我，反而同情束縛在她身上的宿命。

「大哥哥……你突然說些什麼啊？」水手服小妹妹錯愕地看著我，手中的雙槍不停地顫抖。

「開槍殺人，並不是妳想要的吧？」大腿又傳來一陣刺痛，我皺著眉，手掌用力壓住傷口，語重心長的說：「曾經死在槍下的人，是不是在妳腦海裡揮之不去，每到夜晚都會化為惡夢纏著妳？」

「……」內心動搖的水手服小妹妹不斷退後，遲遲不肯開槍。

「把槍放下吧，這不是妳該做的事。」我嘆了口氣。

「不、不行——」水手服小妹妹一看自己走投無路，再次握緊手中的槍，「我不能讓BOSS失望！」

「告訴哥哥，妳是不是想得到BOSS的認同？」我停下腳步，溫柔的問。

水手服小妹妹眼睛泛淚，咬著下唇，點點頭。

「那妳認同自己嗎？」我又問。

只見水手服小妹妹彷彿被重擊般，整個人震了一下，瞠目結舌地看著我，說不出半句話來。

「大哥哥你什麼都不懂！」

「砰！砰！」

雙槍齊發，硝煙瀰漫，子彈完全偏離了我的身體，一發落在玻璃上、一發落在身後的飲水機。水手服小妹妹完全沒有殺氣，內心動搖的她只是試圖開槍嚇阻，卻阻止不了我慢慢逼近的腳步。

「BOSS照顧孤兒的我……教我戰鬥技巧，告訴我生存下去的方式，我不想令她失望！」

水手服小妹妹扔掉其中一把槍，兩手緊握著剩下的那一把短槍，用準星瞄準了我。看來被逼急的她殺意已決，準備來真的了。

「哥哥和妳一樣，為了深愛的人，怕她失望，忽略了自己內心的想法，自私的為她做下決定，以為那樣是最好的……」我張開雙臂，卸下所有防禦。鮮血直流的大腿不停抽搐，連逃跑的力氣都沒有。

「結果，不但自己痛徹心扉，甚至傷害了最心愛的人。」

水手服小妹妹不知道有沒有聽進去我說的話，她泛淚的眼睛直盯著我，手中的短槍不停顫抖，哪怕只是擦槍走火，都可能令我慘死槍下。

走近水手服小妹妹，地板上都是我中彈的大腿流下的血跡，她手中的槍和我的胸膛不過幾公分的距離。

「如果妳認同自己的作法，可以讓大家得到幸福快樂，那妳就開槍吧。」

水手服小妹妹臉色一變，將槍口壓在我的胸膛上，槍械冷硬的觸感迅速傳達到腦袋，我深呼吸一口氣，閉上眼睛。

過了好一會，我始終沒有聽見震耳欲聾的槍聲，或者感受到子彈貫穿胸膛，帶走我性命的痛楚。

我慢慢的將眼睛張開，水手服小妹妹早放下了槍，淚流滿面、泣不成聲地癱坐在地上，不停的用她的手背擦拭眼淚，喃喃自語道：「我辦不到……我辦不到……嗚嗚……BOSS對不起……」

「妹妹乖。」我蹲下，心疼地將她抱住，溫柔的在她耳邊說道：「哥哥知道妳很難過，但是錯的不是妳。」

水手服小妹妹沒有回應，她只是靜靜地在我懷中哽咽、啜泣，嬌小的身體顫抖著，令我萬分不捨。

錯的人，是整件事情的幕後首領。

我，絕對不會原諒她的！

「哥哥會替妳教訓BOSS，讓她知道妳不想繼續殺人了。」輕撫水手服小妹妹的頭，我溫柔的說。

「大哥哥……可以告訴我，你的名字嗎？」水手服小妹妹抬頭，淚眼汪汪地望著我。

「藍士仁。」我忍著劇痛的大腿，站了起來。就算受傷了，還是得繼續前進。

「士仁哥哥，你真的要去找 BOSS 嗎？」水手服小妹妹拉著我的衣角，不捨的問。

看著她不安的神情，即使心裡害怕接下來未知的敵人，我還是故作堅強，露出溫柔迷人的笑容。

「是啊，大哥哥有個非去不可的理由——」輕撫著她的頭，我接著說：「再說妹妹已經坦承的面對自己的內心了，哥哥又怎麼能逃避呢？」

無論前方的路途多險峻、多危險，我還是會繼續前進，直到告訴她，我的真心。

這次，不會逃避了。

拖著淌血的大腿，我踉踉蹌蹌地來到了通往四樓的階梯，臨走前，還能感覺到水手服小妹妹緊跟在我身後。

我回頭一看，神情不捨的她，淚光在眼眶裡打轉，緊咬著下唇，再怎麼想挽回我，還是忍著不說出口。

扶著把手，我勉勉強強的爬上階梯，沿途都是我大腿流下的鮮血。

這時，我聽見背後傳來水手服小妹妹的吶喊：「歐尼醬——乾八爹，一定要平安回來！我也會坦承的面對自己的夢想，勇敢的往前走！」

停下腳步，我背對著她、舉起右手大喊：「喔——！！！」

體貼細心大哥哥V.S單純無邪妹系女，攻略成功！

○●○●○●○

剩下一層，只剩下一層就到頂樓了，就能見到黃芯婷了。這時直升機已經停靠在頂樓，時間越來越急迫，已經無暇讓我思考該如何應付接下來的敵人，即使氣喘如牛，我還是拖著沉重的腳步踏上四樓。

這一瞬間，背脊發涼，空氣中凝結著恐怖的氣息，和剛才三層截然不同的氣氛，身為戀愛遊戲達人，直覺告訴我這層的敵人恐怕是最棘手的一個。

明明太陽還沒下山，走廊上卻陰森得令人感到毛骨悚然，我小心翼翼地走著，通往頂樓的樓梯就在走廊盡頭。

放眼望去，走廊上、教室內，任何角落都空無一人，但是為什麼卻能明顯感受到人的氣息？還隱約聽得見低沉、恐怖的笑聲迴盪於空氣之間。

「管不了這麼多了！」

念頭一轉，既然敵人不肯現身，那我也懶得和她交手，直奔向通往頂樓的階梯。才踏出第一步，位於中間教室的前門突然打開來，黑影伴隨著窸窣的竊笑聲走出，仔細一看，是位烏黑長髮及腰、肌膚雪白卻陰森的女子，活像是《七夜怪談》走出來的貞子。

那名女子手裡拿著一本漫畫，沒錯，就是漫畫。她看著漫畫不僅臉頰泛紅，還不停竊笑，十分詭異。

馬甲、迷彩服、水手服也就算了，第四層的敵人竟然穿著純白色的連身裙，手裡拿的不是短槍、不是步槍，而是一把沾有鮮血的菜刀。

論戰鬥力，剛才交手的敵人絕對比眼前的貞子女強上幾百倍，畢竟子彈的速度比刀快上許多。但是不知道為什麼，我竟然被第四層的敵人嚇得無法動彈，身體居然不自覺的顫抖了起來。

「嘻嘻嘻……想不到有個小受跑上來了，哎唷，還受傷了呢？」

貞子女左眼被長髮遮住，布滿血絲的右眼死瞪著我，這股視線彷彿參雜了強大的殺氣，令我難以喘氣，險些窒息。

大腿不斷抽痛，我苦著臉和她對峙。

完全摸不著頭緒，貞女子的舉止異常詭異，根本無法得知她是什麼屬性的人，光是和她四眼相交就快被那股陰森、恐怖的氣勢吞噬了。

「嘻嘻嘻……長得是滿帥的，可惜你要死在這裡啦！」貞子女突然尖叫一聲，朝我狂奔而來。

媽啊！她竟然還赤著腳丫，完全就是恐怖電影裡面的妖怪了啊！

我嚇得屁滾尿流，連對應的方法都沒有，只好連滾帶爬的跑回樓梯間，「咚！」奮力一躍，逃回了三樓與四樓間的隔層。

抬頭望向停在四樓樓梯口的貞子女，她居高臨下的模樣，臉孔上那隻布滿血絲的右眼就這麼垂下來直瞪著我，原本還算整齊的烏黑長髮，也因為追逐的關係而變得披頭散髮，活像是地獄爬出來索命的厲鬼。

我真的嚇破膽了，只能瞠目結舌地看著她一手拿漫畫、一手拿菜刀，緩緩地轉身離去。

「嘻嘻嘻……快滾吧，別打擾我看ＢＬ漫畫了……」

貞子女扔下這句話，就這麼消失在樓梯口。

BL漫畫?

BL漫畫——我想到了!

立刻拿起手機撥給體育館內的蕾姆．蒂絲娜，電話才響了幾聲，隨即被人接通。

「喂，士仁Boy嗎!找到直升機降落的頂樓了嗎?」

蕾姆．蒂絲娜劈頭就問，話筒另外一端還傳來激烈的槍聲，此起彼落、毫不間斷，可見戰況慘烈，不難想像體育館內血流成河、橫屍遍野的景色。

「找到了!」

「可是我現在還沒辦法……」

蕾姆．蒂絲娜的話說到一半，「砰、砰、砰!」令人震耳欲聾的槍聲打斷了她的話。

過了一會，蕾姆．蒂絲娜才接著說:「我現在沒辦法抽身，可能要麻煩士仁Boy去阻止他們帶走姐姐了!」

「我本來就這樣打算的，我一定會保護黃芯婷。」

「Good!」

「不過，賴義豪在妳旁邊嗎?」我問。

「賴義豪 Boy？Oh——你是說跆拳道小子嗎？」

「對，麻煩把電話給他一下。」我焦急地說，深怕來不及阻止恐怖分子帶走黃芯婷。

「喂，我是賴義豪。」

「很好，你立刻來我們教室的那棟大樓，四樓！」我喊道，不給賴義豪發問、反駁的機會，立刻掛上電話。

等待賴義豪趕來的這段時間，我疲憊的靠在牆邊休息，階梯上流滿了我的鮮血，感覺好冷，體溫越來越低，意識也逐漸模糊。

不能死在這裡……

念頭一轉，我咬緊牙關，撕下襯衫的袖子來包紮不停滲血的大腿。

這次敵人的真面目，我心裡已經有個底了。恐怕是我身為戀愛遊戲達人歷年來最棘手的一關，不過——為了黃芯婷，我一定要攻略她！

「嘻嘻嘻……怎麼又回來了啊？」

陰森恐怖的貞子女窩在教室門前，對著漫畫發笑。一見到我的出現，立刻撿起放在地上那把沾有血跡的菜刀。

「嘻嘻嘻……這次……我一定會把你大卸八塊喔？」

貞子女放下漫畫，兩手握著菜刀，恐怕要來真的了。我站在走廊上，中間是阻擋去路的貞子女，盡頭是通往頂樓的階梯。

兩人對峙、氣氛緊繃，彷彿一觸即發，緊張得令人喘不過氣，從貞子女身上散發出來的陰森氣息，也逼得我寒毛直豎。

「我們一起度過這裡吧。」我牽起身旁那隻粗壯的手臂。頓時貞子女看得瞠目結舌，甚至停下了陰森的恐怖笑聲。

「嗯。」和我牽著手的賴義豪點頭。

「你、你們是……」

貞子女的臉頰泛起紅暈，表情變得十分詭異，沾血的菜刀掉落在地上；她像是飢腸轆轆的野獸，彷彿看見了美食，雙手劇烈顫抖，踉踉蹌蹌地朝我們走近。

牽起賴義豪的手擺在貞子女面前，我和賴義豪十指緊扣，基情四射。

「妳沒辦法阻止我們通過這裡！」我向貞子女喊道。

「嘻嘻嘻嘻嘻嘻……」極度興奮的貞子女突然發出一連串恐怖的竊笑聲。

我和賴義豪面面相覷，他對這種情況鐵定是毫無頭緒，而我也是第一次碰上這種怪異的女人，用男男戀去攻略貞子女也算是一種賭注，可說是豁出去了。

「嘻嘻嘻……決定了，我要將你們納為收藏品！」貞子女害羞地捧著泛紅的臉頰，站立的姿勢十分詭異，駝著背不停蠕動。

這時，賴義豪突然將我擁入懷中，臉色凝重地說：「誰都別想搶走我的藍士仁，妳也是、黃芯婷也是！」

「嚇！」貞子女被賴義豪的氣勢震懾，整個人突然動彈不得。

我也被賴義豪突兀的舉動嚇得腦海一片空白，這不是我們事先串通好的戲碼啊！

賴義豪一手挽著我，用指尖推了推眼鏡，用那張斯文的臉孔溫柔地對我說：「放心吧，誰都不會從我手中奪走你。」

語畢，賴義豪主動將嘴唇湊了上來。

不是吧，他想吻我？

賴義豪想吻我？

這並非我們事先套好的戲碼啊！

「等、等等！」我害羞地伸手擋住賴義豪的臉，只見他力氣之大，嘴唇仍不斷靠近。

「嘻嘻嘻嘻嘻嘻嘻嘻……哈嘶哈嘶……我、我怎麼可能破壞偉大的男男戀呢？嘻嘻嘻……」貞子女在一旁看得興奮萬分，好像快爆炸似的，全身冒出白煙，連眼睛都變成星星的形狀，不停閃爍。

「等一下啦！」我怪叫一聲，驚險地躲過了賴義豪的嘴唇，使他親吻在我的臉頰上，千鈞一髮保住了自己的初吻。

「呀啊啊啊——太棒了！強攻對弱受！」

目睹一切的貞子女也因為承受不住刺激的衝擊，竟然興奮得昏了過去。即使失去意識躺在地上，她竟然還能不斷蠕動、發出陰森的竊笑聲……實在恐怖！

「呼，終於成功了。」我嚇出一身冷汗。

「一切都照計畫進行。」

「你根本沒有照著計畫進行啊——再說你剛才是真的想親我嗎？噁心死了啦！」

我對賴義豪又吼又叫，他還是老樣子無動於衷，面無表情地看著我。見狀，我更是氣

得火冒三丈，要不是打不贏賴義豪，否則我真想痛扁他一頓。

還沒罵完、氣還沒消，賴義豪突然伸手指著走廊盡頭，通往頂樓的階梯。

「……」我一愣，立刻恢復冷靜。

「去吧。」賴義豪淡淡地說。

「嗯，謝謝你。」

BL攻受男男戀 V.S 恐怖陰森腐女，攻略成功！

○●○●○●○

一想到馬上就能見到黃芯婷，疲憊感瞬間消失、沉重的腳步也變得輕盈，踏在通往頂樓的階梯上，能清楚聽見螺旋槳轉動的聲音以及自己急促的呼吸聲。

「碰！」

撞開門後，寬敞的頂樓四周圍滿了防止墜落的護欄，校園外的街道、高樓一覽無遺，夕陽的尾巴即將沉入深海，黃昏使我們的影子變得很長、很長。

直升機靠在頂樓旁，螺旋槳轉動時造成的狂風吹得我頭髮隨風飛舞。

站在我前方的是最後的敵人，也是此次事件的幕後黑手。

還以為最終的敵人會是個三頭六臂的壯漢，想不到是個身材修長、胸圍豐滿、曲線玲瓏的大美人，身穿軍裝，一頭及腰的白髮於狂風中飛舞，酒紅色的眼眸挑釁地直盯著我。

她站著三七步，兩腿修長，穿著軍靴更顯得酷勁十足，比起一開始碰上的豐唇美女，可說是小巫見大巫；她一手拿著機關槍，無數顆子彈像裝飾用的彩帶攬在身上，對於我的出現她似乎絲毫不感到意外，十足的自信與莫大的殺氣排山倒海而來。

而幕後首領的另外一隻手，則抓著一名身材嬌小、神情哀愁的女孩，淡金色的長髮還是像以前一樣，無論在黑夜還是黃昏都這麼的光澤亮麗。

被挾持的女孩聽見頂樓的門被撞開的聲響，緩緩地抬起頭來。

看見她翠綠的眼瞳裡流露出害怕與哀傷，我內心一揪。

「黃芯婷，我來救妳了——！！！」

我就是要和妳談戀愛啦！

直升機疾轉的螺旋槳奏起以強風編織的狂想曲，寬敞頂樓上三人的眼神各懷著不同的信念。

隨風起舞的頭髮沒有任何停歇，遠處槍聲不斷，我和恐怖分子的首領對峙著，視線都沒有離開對方，兩人看似不動聲色，卻如上膛的手槍一觸即發。

黃芯婷抬起頭望向我，神情哀傷，纖細的雙手被手銬禁錮，被人在直升機前拉拉扯扯，毫無反抗之力。失去超能力的黃芯婷，只不過是個普通的高中生罷了，身材嬌小的她恐怕連國小生都不是對手吧。

恐怖分子的首領想將黃芯婷硬推進直升機內，不料黃芯婷不顧自己柔弱的身軀，頑強抵抗，好不容易掙脫了，卻又馬上被撲倒在地。

黃芯婷激動地向我喊道：「做作男，你來幹嘛？這裡很危險，趕快逃啦！」

「逃？我好不容易來到這裡，當然是來救妳的啊！」我看似一派輕鬆，其實中彈的大腿仍不停滲血，一陣陣難耐的刺痛令我臉色發白。

恐怖分子的首領──白髮女，她伸手掩住黃芯婷的嘴，不讓黃芯婷繼續出聲，像個溫柔可人的大姐姐，輕聲在黃芯婷耳邊說：「噓……」

然後，她面帶微笑地望著我。

仔細一看，白髮女的長相簡直是仙女下凡，好像童話故事裡的皇后般，散發一種高雅、端莊的氣質，即使穿著褐色的軍裝，仍是讓人產生一種身穿華麗禮服的錯覺。

難以想像，這樣氣質出眾的女人竟然會是恐怖分子的首領。

「還以為是那個胸大無腦的探員呢！想不到，竟然是你這個小毛頭來到這裡。」

白髮女淺笑著，彎起迷人的眼睛，連輕蔑人的譏笑都如此優雅，標準的冰山美人類型。

儘管白髮女的笑容像一幅美麗的畫，卻不帶任何感情，終究無法打動人心；相較之下，黃芯婷直率的笑容，哪怕是得意忘形、誇張大笑，都深深令我著迷。

所以——哪怕是犧牲性命，我也要守護這一份笑容。

「以戀愛遊戲達人多年來的經驗，我百分之百確定恐怖分子首領的真面目，是個鬼畜且腹黑的女人！」指著白髮女，我篤定地說。

「哎呀呀，如果不是呢？」

白髮女露出燦爛、優雅的笑容。不知道為什麼，這笑容卻散發出一種冰冷的殺意，令人毛骨悚然。

「如果猜錯了，會不會令你戀愛遊戲達人的尊嚴掃地呢？哎呀，好可憐，如此一來你什麼都不是了呢～」白髮女噗哧笑了一聲，接著說：「恐怕，就是個只玩戀愛遊戲來彌補空虛心靈的人型阿米巴原蟲。」

「根本超級腹黑的——完全沒有猜錯啊！」所幸判斷沒有錯誤，否則我真的會變成人型阿米巴原蟲啊！

「看來你就是用這種方法來征服我的手下呢～哎呀呀，不過對我沒有用喔！」白髮女呵呵笑著，從腰際間抽出一把短槍。

「我、我才沒有打算攻略妳呢……」我刻意將視線撇開，不和白髮女相覷。

「哎呀？」白髮女感到困惑，卻還是面帶微笑。

比起賴義豪那樣面無表情的撲克臉，白髮女這樣皮笑肉不笑的笑面虎，更是恐怖。

話雖如此，其實我已經開始攻略了。

沒錯，攻略腹黑屬性最好的對策就是——傲嬌！

像黃芯婷那樣的傲嬌，完完全全就是腹黑的死穴！

現在就讓我來扮演完美的帥氣傲嬌男吧！

「哼～大姐姐妳只是長得漂亮而已，我才、才沒有對妳心動呢！」我雙手環胸、鼓著臉頰，用飄忽不定的眼睛餘光偷偷瞄向白髮女。

被困在直升機旁的黃芯婷聽到我的話之後一臉作嘔，沒好氣的問：「做作男，你在幹嘛啊？好噁心喔！」

「少囉唆啦！我在想辦法救妳耶！」我喊道。

「哎呀呀～我不是說過沒有用嗎？」白髮女露出一抹淺笑。

突兀的槍聲劃破天際，地板出現一個冒煙的坑洞，和腳尖不到幾公分的距離，險些射穿我的腳。

「手、手槍什麼的，我才不怕呢。」我咬著嘴唇，眼眶泛淚地望向白髮女，裝出一副可憐兮兮卻又故作堅強的模樣。

白髮女沒有繼續開槍，依舊是面帶微笑看著我，完全不把我當成一回事，甚至游刃有餘的等待我繼續出招。

「哎呀呀，傲嬌小帥哥是滿可愛的。」白髮女呵呵笑著，慢慢將槍口瞄準了我。

腹黑的死穴是傲嬌沒錯吧？

看著槍口，我的背脊發涼、冷汗直流，內心不自覺的產生疑惑，恐懼感逐漸蔓延，將平靜的心池染色。如果對策錯了，不僅救不到黃芯婷，甚至會丟掉一條小命。

黃芯婷激動的扭動身體，向我喊道：「做作男，拜託你別鬧了！趕快逃吧！」

逃？

怎麼可能逃。

我已經逃避了好長一段時間，這次，說什麼也不能逃啊！

「哎呀～小帥哥，真的不怕手槍嗎？」白髮女笑嘻嘻的問。

「不、不……」

我「怕」字都還沒說出口，震耳欲聾的槍聲從近距離響起，子彈伴隨著劇痛穿過我的大腿，頓時鮮血直流！我還來不及反應，眼前天旋地轉，回過神來我已經倒在地上，劇烈喘氣。

「啊啊啊——好痛！」痛得眼淚都流出來了，兩腿中槍，我只能趴在地上抽搐，不到一會時間，地面都是大腿噴出的鮮血。

「做作男！」黃芯婷聲嘶力竭的喊道，看見我如此狼狽的模樣，她竟然也忍不住哭了

出來。

「哎呀呀，你不是不害怕手槍嗎？」白髮女走到我的面前，居高臨下的看著趴在地上抽搐的我。

鮮血渲染了她的軍靴，我已經痛得沒辦法講話，隨著鮮血不停流失，身體逐漸感到寒冷，呼吸也從急促變得越來越虛弱。

不可能啊……腹黑的屬性，多是喜歡單純又容易害羞的傲嬌，這是千古不變的定律。到底是哪個環節出問題了？

「哎呀，看你的表情似乎相當困惑呢。」

白髮女用軍靴踐踏著我受傷的大腿，像是被撕裂般的痛楚傳遍全身，儘管我想求饒，卻痛得開不了口，連慘叫聲都變得嘶啞。

黃芯婷激動的扭動身體，試圖扯開銬著她的手銬，無奈沒有超能力的黃芯婷根本無力掙脫。

「哎呀呀，其實……」白髮女邊說著，忽然調頭走向黃芯婷。

見狀，我趕緊伸出手抓住她的靴子，說什麼也不能讓她繼續傷害黃芯婷……

「碰！」

白髮女冷不防地踹了我一腳。

軍靴厚重，踹中我的臉頰時，甚至將嘴巴內的幾顆牙齒踢斷了。但，大腿中了兩槍早讓我痛得快失去知覺，臉頰被踹上一腳根本不算什麼。

「……呃……」

嘴裡滿滿的鮮血，濃厚的鐵味嗆鼻。也不知道是痛得流淚，還是為自己的無能感到難過而流淚，模糊的視線中，只能眼睜睜地看著白髮女不疾不徐的走向黃芯婷。

拜託……

拜託不要奪走她，那是我好不容易找到的幸福……

「……我絕對、絕對不會饒了妳的！」黃芯婷怒瞪著白髮女，咬牙切齒的說。

這是我第一次看見黃芯婷如此憤怒。

「其實我是喜歡傲嬌沒錯啦～」白髮女勾起黃芯婷的下巴，將臉頰慢慢湊近，兩人紅潤的嘴唇不到幾公分的距離，似乎連鼻息都能傳到彼此臉蛋上，「不過，我是百合喔！喜歡的當然是傲嬌女，而不是傲嬌男呢。」

「妳、妳這個變態女！」黃芯婷滿臉通紅，惱羞成怒的吼道。

百、百合——這是什麼攻擊？

為什麼我不僅大腿失血、嘴巴吐血，連鼻子都不自覺的噴出血來？

「嘻嘻嘻，真是可愛的小貓咪呢～」白髮女戲謔笑著，輕吻黃芯婷的臉頰。

「呃啊！」我慘叫一聲，鼻子噴出大量鮮血。

黃芯婷深深嘆了口氣，突然放棄抵抗，就這麼癱坐在地上。她看向我，泛起一抹無奈的笑容，哀傷的神情像一把無形的箭，射穿了我的心，一股強烈的心酸和悲慟不斷湧出。

「可以了……已經可以了，我跟妳走吧，拜託妳不要再傷害他了。」黃芯婷哽咽著，眼淚不停地流下。

恐怖分子的首領——白髮女笑聲十分優雅，卻令人感到格外厭惡。她抱起黃芯婷，正準備將黃芯婷帶進直升機內。

「我有說……可以把她帶走嗎？」不知道自己中彈的雙腿是怎麼站起來的，回過神來時，我已經捉著白髮女的肩膀。

「哎呀，想不到你還滿固執的呢。」

白髮女冷笑一聲，我還來不及反應，只見她的身影旋轉，迴旋踢重擊了我的頭部，應聲我又趴倒在地上，大吐一口鮮血。

「做作男，你不要再逞強了！」黃芯婷焦急的向我哭吼，甚至不顧雙手被銬住，奮力用身體衝撞白髮女。

「咚！」

白髮女和黃芯婷摔在一塊，卻沒造成白髮女任何傷害，反而激怒了她。

「呀啊！」

白髮女一手扯住黃芯婷的長髮，即使她面帶笑容，我卻明顯能感受到她隱約散發出的怒氣。

「哎呀呀，小貓咪真是頑皮……」白髮女粗魯地將黃芯婷推進直升機座艙內，然後冷冷道：「回組織後，必須好好調教一下呢。」

「她才不會跟妳回組織！」渾身是血的我抱住白髮女，阻止她登上直升機，「她要和我一起回家、回學校，過著普通人快樂的生活！」

「哈！」白髮女大笑一聲，用手肘痛擊我的腹部。

一陣劇痛傳來，我又吐了一口鮮血，四肢無力的屈膝跪地。

白髮女又踹了我一腳，力道之大，我整個人天旋地轉，重摔在地上。

「普通人快樂的生活？」白髮女譏笑著，緩緩地走向我。

「沒錯！」即使全身都在哀號，我還是強忍著痛楚，站了起來。

白髮女似乎被逼急了，她不耐煩地舉起手槍，指向我：「你這個小毛頭，根本不懂蒂絲娜氏超能力家族對整個國家有多大的威脅！」

「喂！我都答應要跟妳走了，拜託……拜託不要傷害他啊！」黃芯婷急得哭喊，不顧直升機已經緩緩起飛，甚至想冒險跳出直升機。

我的呼吸，越來越緩慢了。

黃芯婷，妳那張稚氣又甜美的臉蛋，真的不適合流淚。

還是——單純可愛，燦爛的笑容最適合妳。

「做作男，拜託你快逃好不好？你不是說任務已經完成了嗎？你已經沒必要幫我了！求求你……嗚…嗚嗚……」

「我沒有幫妳，這是為了我自己！」上氣接不下氣，原來死前的掙扎是這麼痛苦，像被困在真空的世界裡，死命地想爭取一點點氧氣。

「藍士仁！你還不懂嗎？」黃芯婷哭花了那張甜美的臉蛋。

笨蛋……比起身上所受的傷，看著妳淚流滿面……更讓我心如刀割。

「我已經沒有繼續過普通人生活的資格了！」

又咳了一灘血，我硬撐著顫抖的雙腿，不讓自己倒下。

「為什麼沒有！因為妳擁有超能力嗎？因為妳和普通人不一樣嗎？」

視線越來越模糊，我仍清晰看見黃芯婷淚流不斷的臉龐，她掩著臉不願讓我看見哀慟的表情。

「我沒有照你說的話，面對自己的內心……因為膽小，我已錯過了最重要的人……」

「不是妳自己拒絕賴義豪的嗎？」我喊道。這時，雙腿已經失去知覺，連痛楚都漸漸遠去，隨即而來的是體溫流失，令人絕望的寒冷。

「對，拒絕他是因為我……因為我……」黃芯婷哽咽著、哭喊著，最後不顧一切的向我大喊：「我只想跟你一直在一起啊——藍士仁！！！！」

我整個人愣在原地，目瞪口呆的說不出半句話來。

原來……打從一開始黃芯婷拒絕賴義豪時，她就已經喜歡上我了。而我卻遲遲沒有發現，總在重要關頭將她推開……甚至狠狠的傷了她。

「可是你那天……那天說過再也不想見到我了，所以……」

黃芯婷哭吼的聲音，喚起我那晚的記憶，下雨的遊樂園門口，背對著妳、冷漠著妳，一幕幕像是利刃刺穿彼此的心。

「我真是……大白痴……」雙腿失去知覺，我像是洩氣的汽球癱倒在地上。

四周的聲音逐漸靜下來，只剩下直升機螺旋槳的噪音和隱隱約約刺痛內心的哭喊聲。我聲嘶力竭的喊著，不知道她聽不聽得見。

仰著天，我吞進鮮血和淚水的味道。

想起她在家政課時，天真的相信我，竟然想在好不容易烤完的餅乾內加入辣椒和瀉藥的混合物。

想起隨堂測驗時，試圖作弊的我們，最後還是交了白卷，當時黃芯婷變出來的對講機，我還留著。

想起在電玩店碰到搶劫時，我終於明白自己為什麼能不顧一切的替黃芯婷擋下子彈。

想起電梯前，黃芯婷向老媽撒嬌，那嬌羞的模樣，只不過是摸個頭，竟然就能露出如此幸福洋溢的表情。

我們之間，真的發生了好多事。

妳多麼單純、多麼善良，我怎麼可能討厭妳？

妳天真的笑容、得意的笑容、嘲笑我做作的笑容，都是那麼可愛，我怎麼可能會不想見到妳？

「遺言說完了嗎？」白髮女冷哼一聲。

我已經看不清楚槍口是瞄準心臟還是額頭。

「黃芯婷妳聽好了——」我一邊喊，一邊還不斷咳出鮮血，彷彿置身於北極，冷得我全身顫抖。

「不知道從什麼時候開始，我每天都想著妳，就連最喜歡的戀愛遊戲都沒辦法玩下去……妳的笑、妳的好、妳的任性、妳的天真無邪，每個有關妳的畫面都深深記錄在我心裡——當我回過神時，已經不能沒有妳了！」

「做作男……你說的是真的嗎？」

「我不是做作男，我是藍士仁，這些都是我的真心話……黃芯婷，我也想跟妳一直一直在一起啊！！！！」

「砰！」

聽見槍響時，我已經躺在血泊之中，原來槍口瞄準的是我的胸膛，和上一次碰到搶劫時，一模一樣的中彈部位。

只是這次……不會有人來救我了，失去超能力的黃芯婷隨著起飛的直升機，離我越來越遠……

不知道是不是靈魂出竅了，深刻的感受到呼吸停止在槍聲響起的那個瞬間，正當眼前陷入一片黑暗時，朦朧之中彷彿看見陽光般飄逸、耀眼的金髮降落在身上。

好溫暖。

閉闔的眼皮下是無盡的黑暗，卻逐漸被陽光照亮，像在晨曦中甦醒，急促且虛弱的呼吸變得平穩，雙腿不再顫抖、傷口不再疼痛。

「我……沒死？」

不敢置信地睜開眼睛，我用力的倒抽一口氣。好像剛才無法呼吸的痛苦，只不過是潛在海裡忘了換氣。

「做、做作男，你剛才說的是真的嗎？」

「黃……」

我張大著嘴，難以置信還以為天人永隔的女孩，就這麼站在我面前。她的臉頰紅通通的像顆蕃茄，雖然還有哭過的淚痕，不過她那雙綠色的大眼睛，本來就是水汪汪的相當可愛迷人。

連說話都省了，我衝動地將她抱住，緊緊抱住，感受到她的體溫、柔軟的身體，還有輕盈如水的長髮。

「笨蛋……當然是真的啊！」我不自覺的流下淚來，儘管嬌小的她被我抱疼了，還是不想放開手。

「哎呀呀，想不到妳的超能力恢復了呢！」

完全忘了恐怖分子首領　白髮女的存在，我轉頭一看，她的微笑變得僵硬，趁著我們剛才不注意時，將扔在地上的機關槍撿起，二話不說就朝我們掃射！

「砰砰砰砰砰砰砰砰砰砰——」

「哇啊！」我嚇得趴在地上。

只見黃芯婷轉過身、手一揮，那些肉眼看不見的子彈像有了生命一樣，突然全部調頭飛向白髮女。

「砰！砰！砰！砰！砰！砰！砰！」

子彈不長眼，將學校頂樓轟個稀巴爛，偌大的水塔千瘡百孔，裡面的自來水不斷流出。白髮女反應之快，一見子彈轉向，立刻翻身一滾，躲進梁柱後方，僥倖逃過一劫。

「喀鏘！」

手銬像紙糊的一樣，被黃芯婷輕易解開。

「妳的超能力怎麼突然恢復了？」我好奇的問。見黃芯婷的超能力恢復，真是放下了一百顆心。

擁有超能力的黃芯婷，可謂天下無敵。

黃芯婷臉頰泛起紅暈，她的眼神飄忽不定，害羞地說：「蕾姆不是說過嗎？我們難過的時候，可能會失去超能力……反之，開心的話，超能力會大幅增強。」

「太好了……」我鬆了口氣，望向布滿彈孔的梁柱，白髮女就躲在後面，我急道：「趕快解決恐怖分子的首領吧！」

「那有什麼問題！」

黃芯婷得意一笑，在掌心凝聚刺眼的閃電，好像科幻片才看得見的電光球，竟然就這麼活生生出現在我眼前。

「哎呀呀，現在高興還太早了吧？」

白髮女從梁柱後方走出來的剎那，黃芯婷立刻將手中的電光球扔出。

速度之快，電光球眨眼間將梁柱炸得粉碎，地板甚至出現焦黑的坑洞，冒出濃濃黑煙、星火散布滿地。

「解決啦！」我欣喜若狂的喊道。

「……」

但是黃芯婷的表情卻沒有一絲喜色，反而眉間緊鎖、十分凝重。

「怎麼了……哇！」

話才說到一半，黃芯婷突然抓起我奮力一跳，好幾公尺這麼高，隨即一顆電光球飛向

我們剛才所站的地方，「碰！」應聲巨響，地板炸裂，碎石塊如散彈般朝四面八方噴濺，煙霧瀰漫。

「這是怎麼回事？」落地後，我不敢置信的問。

「嘖……棘手了。」黃芯婷咬著嘴唇，眼睛直視著逐漸散去的煙霧。

本該被電光球轟個粉身碎骨的白髮女，竟然毫髮無傷的出現在煙霧之中，屋頂上狂風吹拂，兩名女性的長髮隨風飄逸，而她們的眼神互相對峙，氣氛緊繃。

「想不到我也是超能力者吧？」白髮女輕鬆笑著，舉起手在掌心間凝聚閃電，竟然和黃芯婷剛才製造的電光球一模一樣。

「這、這這這這是怎麼回事？」我看得瞠目結舌，還以為黃芯婷恢復超能力後就天下無敵了，想不到連敵人的首領也擁有超能力！

「她不知道從哪裡獲得了超能力，總之……力量恐怕不在我之下。」

同樣擁有超能力，嬌小的黃芯婷就顯得居於劣勢，畢竟恐怖分子的首領除了超能力以外，還會許多殺人的格鬥技巧。

「想知道嗎？呵呵，我怕妳知道真相後，又會難過得失去超能力呢！」白髮女撩起長髮，雖說笑容可掬卻令人感到十分邪惡，像極了一株染黑的玫瑰。

我不安的看向黃芯婷，她沒有因為白髮女的威脅而動搖，仍舊是緊握著拳頭，一雙又大又圓的眼睛直盯著敵人。

「妳在美國的父母突然失蹤……是為什麼呢？」

白髮女此話一說出後，黃芯婷整個人愣住，眼睛瞪得老大，原本就握緊的拳頭竟然開始顫抖。

「滋滋滋——」

電光球仍在白髮女掌上發出刺耳的噪音，她突兀笑著：「呵呵呵……哎呀，當然是我接收了他們的超能力，還有……性命。」

「呀啊啊啊啊——」

突然，地板瞬間碎裂，我被一股強烈的衝擊波吹翻，暴怒的黃芯婷完全失去了理智，直衝向白髮女。

「咻！」

「哎呀，好嬌小的拳頭呢！」白髮女冷笑一聲，輕鬆躲過黃芯婷的直拳。

魯莽出拳的黃芯婷破綻百出，腹部被白髮女狠狠的用膝蓋頂了一下。

「咚！」

應聲悶響，黃芯婷痛得慘叫。

「念力！」黃芯婷不甘示弱，控制起散落滿地的石塊，像導彈般飛向白髮女。

「哎呀呀～念力！」白髮女卻站在原地不動。

施展超能力的兩人彷彿釋放出一種負片般的輻射圈，那些飛向白髮女的石塊突然停下，隨即掉落滿地。

「同樣擁有超能力的情況下，妳怎麼可能打得過我呢？」白髮女淺笑著，表現得相當輕鬆，她把手伸進口袋內。

黃芯婷一驚，瞪大眼睛喊道：「透視！」

「看見了嗎？」我躲在一旁著急的問。

「看見了！」黃芯婷喊道。

「是什麼顏色的內褲？」

不知道為什麼，地上的石塊突然飛撞向我，砸得我眼冒金星。

白髮女呵呵笑著，從手袋裡取出三顆手榴彈，全部扔向黃芯婷。

「瞬間移動！」黃芯婷喊道。

手榴彈同時爆炸，威力之強，整棟大樓劇烈搖晃，頂樓還出現看得見下層教室的坑洞，原本靠在欄杆旁的直升機也怕受到波及，飛遠了些。

只剩普通人的我，像隻無頭蒼蠅到處亂竄，深怕被流彈波及。

「咻！」

黃芯婷出現在白髮女身後，冷不防的朝白髮女背後一踹。

身為恐怖分子的白髮女對於戰鬥再熟悉不過，她甚至連回頭都沒有，竟然直接彎下腰來，黃芯婷這一腳完全踢空，反而被白髮女捉住纖細的小腿。

「碰！」

白髮女將黃芯婷過肩一摔，力道之大，地板碎裂、碎石噴濺。明明只是兩個女生在打架，為什麼像是超級賽●人在戰鬥一樣，天崩地裂、怵目驚心！

我到底是不是走錯地方了啊？

「火焰！」黃芯婷全身冒火，像是火山爆發般，炙熱的火柱直沖天際，險些將白髮女燒成灰燼。

「哎呀，真厲害的超能力……」即使白髮女不會施展瞬間移動，但憑她敏捷的身手，仍是有驚無險的躲過了火柱的攻勢。

「冰……」

黃芯婷雙手合十正準備出招的時候，只見白髮女以驚人的速度繞到她背後，以手刀攻擊後頸。

「咚！」

彷彿骨頭碎裂的悶響從黃芯婷的後腦傳來，只見黃芯婷張大著嘴，動彈不得。

「只不過是個高中生，竟然擁有這麼強大的超能力，太浪費了！」白髮女跳上水塔，舉起手凝聚特大號的電光球，居高臨下、鳥瞰著黃芯婷。

特大號電光球發出極為刺耳的噪音，威力甚強，頂樓上的欄杆竟然不停的震動，地板上的細碎石塊、瓦片浮起又落下，受傷的黃芯婷卻趴在地上動彈不得，情勢相當不妙。

「黃芯婷，振作一點啊！」我著急的喊道。

「嘖！」

彷彿聽見我說的話，黃芯婷雙手高舉，同樣凝聚出刺眼的電光球。不過比起白髮女所製造的特大號電光球，還算小巫見大巫，體積整整差了一大截。

「哎呀呀，竟然還有戰鬥意志？」白髮女冷笑著，掌心上的電光球越來越大，「父母都被我殺了，難道妳一點也不會感到難過嗎？」

真是卑鄙無恥的腹黑女，都這個關頭了還講這種傷人的話，父母被殺害，怎麼可能會不難過？見到弒親仇人，怎麼可能會不憤怒呢？

黃芯婷單純的心就像一張白紙，任何言語都可能會傷害到她。

果然不出所料，白髮女所說的話完全影響了黃芯婷，原本充滿鬥志的眼神突然流下淚來，掌心上的電光球也越來越小。

「黃芯婷！」

「做作男，對不起……」泛著淚光的黃芯婷滿是愧疚的看著我，剛才的戰鬥中她早已哭紅了雙眼，「我……我打不過她……」

「妳不是孤軍奮戰啊，黃芯婷！」我鼓起勇氣走向黃芯婷，近看她們手中的電光球就好像小型的暴風，空氣中瀰漫著令人麻痺的電流，光是靠近，身體上的皮膚就傳出燒焦的

臭味。

「我們是人，會難過、會悲傷，當初妳離開時，我也難過得無法自拔，近乎崩潰……」

往前走，黃芯婷需要我。

電光球刺耳的噪音造成我的聽覺錯亂，耳鳴不斷。

我絕對不會逃避。

「過去無法改變，我們必須背負那些傷痛往前走，才是所謂的成長……」

曾經回到過去，我仍然是改變不了妳喜歡他的事實。

「成長後的我們，才有辦法把握屬於自己的幸福……」

未來，無論任何事情，我都不會離開妳。

「所以，別被過去給打敗了……黃芯婷，妳要戰勝過去！」

黃芯婷頓時抬起頭，奮力將手中的電光球扔出，威力之強，甚至造成了她纖細的手臂破皮、燒焦，颳起的狂風像利刃般割破她吹彈可破的細嫩肌膚，鮮血流出。

白髮女同時扔出手中特大號的電光球。

我沒有超能力，只不過是個普通人，只能看著兩顆一大一小的電光球互相碰撞，隨即產生出一股強烈的暴風，頂樓上的欄杆全被吹飛，甚至掀起地板上的磁磚，接應恐怖分子的直升機也趕緊駛離。

電光球互相較勁著，不停四射的電流轟得地板坑坑疤疤，連厚實的水泥牆都被電流炸出個洞來。

黃芯婷高舉著手，傾盡全部超能力來推動電光球。

但，不知道是不是超能力使用過度的影響，黃芯婷和白髮女兩人沒有受傷，卻都無緣無故流下鼻血。

「滋——轟——滋滋——」

噪音與雷聲交集不斷，學校頂樓的地板快撐不住強大力量的電光球而逐一崩陷，連我都快沒有地方可躲，只能祈禱著黃芯婷戰勝。

可惜，居高臨下的白髮女威力更勝一籌，眼看著電光球逐漸逼近黃芯婷。

「呀哈哈哈——妳可別粉身碎骨啊！我還得轉移妳的超能力到我身上呢！」白髮女彷彿勝券在握，連笑容都變得十分猙獰。

啊，我好像太接近了。

電光球四溢的電流將我的手臂烤焦，但是這雙腳卻停不下來。

「黃芯婷。」

「做……做作男，你怎麼過來這裡？太危險了，快走開！」黃芯婷咬牙切齒地說。現在的她已經使盡全力，根本無暇保護我。

我輕輕擦去她鼻子前的鮮血，微笑著說：「我哪裡也不去，要死也會陪妳一起死。」

「你……你在說什麼啊！」

原來，所謂的真愛，並不是相戀的時間長短，而是真正的自己所愛上的人。

現在的我，不是高雅紳士的王子、不是腹黑冷酷的型男、不是體貼溫柔的大哥哥；脫下虛偽的面具，我只是個膽小、愛哭，又容易吃醋、鬧彆扭、發脾氣的電玩宅男，藍士仁。

不知道妳還記不記得，那天放學後，夕陽下無人的教室裡，妳滿臉通紅、害羞的神情，以及我哽在喉嚨裡說不出口的話。

今天，在學校寬敞的頂樓上，一樣酒紅的夕陽，哪怕阻擋在前方的是遙遠的距離、是第三者，或是即將帶走我們性命的恐怖攻擊，我都會勇敢的告訴妳，自己真正的心聲。

「我喜歡妳，黃芯婷。」

「哪、哪有人在這時候突突突然告白的！」黃芯婷突然變得面紅耳赤。

不管是什麼時候，她害羞的模樣就是這麼的可愛。

「讓我們一起面對未來，克服過去的所有傷痛吧。」我伸出手，立刻被電光球炙熱的電流烤焦。我沒有超能力，我能給的，只有一份真心。

「嗯！」黃芯婷笑了。

和那個時候的笑容一樣，和我記憶中那個深刻的笑容一樣，甜美的臉蛋、彎起的眼睛、泛紅的臉頰、飄逸的金髮，以及洋溢幸福的笑容。

「什、什麼！她的超能力突然增強了？」白髮女臉色大變，只見電光球突然被黃芯婷大力推回。

無論你是否擁有超能力。
無論面對什麼樣的難關。
相信你深愛的人，勇敢面對自己的真心，吶喊出靈魂深處的真相。
愛情，就會帶給你最強大的力量。

「做、做作男……」

「幹嘛？」

「我也喜歡你。」

「嗯，這件事情解決後，我們再一起去遊樂園約會如何？」

「好、好……」

愛情，使人強大。

即使受了傷，面對自己、克服傷痛，你會成長，會得到更強大的力量。

然後，在未來找尋那個——對的人。

「去吧————！！！！」

「轟！」

響徹雲霄，電光球爆炸的瞬間，一道刺眼的光芒照亮黃昏。

「呼哈……呼呼……呼……呼……」

黃芯婷和我躺在焦黑的地板上不停喘氣，白髮女消失得無影無蹤，就連學校頂樓都被炸去了一大半，瓦塊碎片散落滿地。

「天啊！我的手都被烤焦了……」看著焦黑的手臂，流著血甚至冒出黑煙來，我痛得眼角泛淚。

「笨蛋，你沒有超能力護身，貿然靠近那麼強大的能量球當然會受傷啊！」明明心疼，黃芯婷卻故作生氣地拉著我的手，用超能力治療。

我失笑，直呼：「有超能力護身就不會受傷嗎？」

「頂多是衣服燒焦而已。」

就如黃芯婷所言，她雪白的肌膚沒有一絲灼傷，反而是學校制服破破爛爛，粉紅色肩帶暴露在香肩上，鈕釦燒毀的襯衫鬆脫、蕾絲胸罩一覽無遺，裙子也燒得只剩腰間那一小塊，粉紅色條紋內褲和白皙纖細的大腿映在我兩顆眼球上。

看著她冰肌玉骨、曲線玲瓏的身材，我不自覺的流下鼻血。

「做、做作男你怎麼突然流鼻血了？」黃芯婷著急地問。

「呃……這、這個……嗯，妳好像滿喜歡粉紅色的？」

聽見我的話，黃芯婷低頭一看，隨即臉頰飛紅，惱羞成怒的大叫：「變態！」

「啪！」

一巴掌招呼在我臉上。

「想不到計畫會失敗……你們以為這樣就結束了嗎？」

這個白髮女還真是難纏，她的聲音從頂樓外傳來，一陣陣狂風吹起，只見白髮女駕著直升機返回來尋仇。

直升機駕駛艙下的機關槍急速轉動，數百發致命的子彈射出。

「砰、砰、砰、砰、砰、砰、砰、砰、砰！」

學校頂樓上的水塔、梁柱、圍牆都被子彈轟得稀爛，唯獨我和黃芯婷毫髮無傷。槍林彈雨之中，黃芯婷利用超能力製造出一面防護罩，竟然連直升機的子彈都打不穿。

白髮女見子彈無效，突然將直升機調頭，與學校頂樓拉開一段距離。

「喂，做作男。」

「幹嘛！」

「記得你曾經說過一句話嗎？」

難道妳都沒有想過利用超能力征服世界嗎？

「我沒想過利用超能力征服世界，我的超能力，只想用來保護最喜歡的人。」黃芯婷轉頭看向我，露出燦爛、得意的笑容。

妳那張洋娃娃般精緻的臉蛋，果然只適合這樣的笑容。

直升機正面對著校園頂樓，「噗咻——」一枚駭人的飛彈迅速射出，筆直的飛向我和黃芯婷！

「那，你記得下一句說了什麼嗎？」黃芯婷又問。

我噗哧笑了一聲，直說：「飛彈什麼的，對妳來說也不構成威脅吧！」

「那當然。」黃芯婷笑道。

超能力全開，黃芯婷高舉著手，全身發出耀眼的金色光芒，彷彿照亮了黃昏，飛彈速度之快，眨眼就要將學校頂樓轟個稀巴爛。

突然間，我想起曾經一幕，桌上的橡皮擦經由黃芯婷的超能力控制，竟然自己飛撞向我，撞得我七葷八素、眼冒金星。

而眼前正筆直衝向我們的飛彈突然停了下來，接著調頭，飛向直升機。顆顆～不難想像白髮女在直升機內慘叫的表情是多麼經典。

「轟——碰——！」

直升機爆炸。

嚇了一跳的雲朵飛快地散去，火紅的夕陽拉長我和她的影子，放眼望去，學校頂樓被子彈轟得千瘡百孔，慘不忍睹。

誰說冬季的晚風特別寒冷？此時吹撫在我們洋溢幸福微笑的臉上，絲毫不感到冷。

我和黃芯婷面面相覷，她滿臉通紅的臉蛋像是熟透的蘋果，我也不自覺的感到害羞，只能不停的傻笑。

校門口外的警察終於決定攻堅，全副武裝地衝進校園，這時蕾姆．蒂絲娜和賴義豪才趕到屋頂上。

連我都有點害羞了，相信黃芯婷更是不知所措吧！

不過我們沒有停下，她踮著腳、我彎著腰，緊緊擁抱著彼此。黃芯婷的嘴唇很柔軟，貼著我的嘴唇，我想睜開眼睛，看看她害羞臉紅的可愛模樣。

不過就這樣吧，反正黃芯婷的容貌已經深深印在我心裡、腦海裡，永遠不會消失。

戀愛，不需要掩飾任何缺點，不需要虛偽、做作，而是用那個充滿缺陷、真正的自己，全心全意的付出，為她改變，守護著她。

一個人的完美，並不完美。

不完美的妳和我，合在一起，才是真正的完美。

○●○●○●○

「喏，先說好，這可不是特地為你準備的喔！」

黃芯婷臉頰泛紅，將她自己親手做的便當放在我桌上。

我傻笑著，內心是無比的幸福，「哈哈……妳怎麼每次都這麼老套啊？」

「少、少囉唆啦！反正你吃就是了。」黃芯婷惱羞成怒吼道，舉起那小小的拳頭作勢要打。

「好好好，我吃、我吃。」打開便當盒，裡面有炸豬排、咖哩飯、丸子……等等，看起來美味極了。

正當我準備品嘗黃芯婷親手做的便當時，「碰！」一隻手突兀地拍了我的桌子。我和黃芯婷嚇了一跳，不約而同的看向那隻手的主人。

「賴義豪？」我沒好氣的說。黃芯婷現在已經是我的女朋友了，這傢伙還想幹嘛！

賴義豪冷眼看著我，淡淡的說：「屬於自己的幸福，只能靠自己的雙手捉住。對於感情，無論對方是什麼樣的人、喜歡著誰，那些都不是重點，真正必須正視的，是自己的內心……對吧？」

黃芯婷害羞的低下頭，支支吾吾的說：「對、對不起，我……我喜歡的是……藍士仁……」

我向賴義豪得意的笑，想跟我搶？沒門！

「我知道，但是……我也得面對自己的真心。」賴義豪淺笑。

我有點惱怒，這個賴義豪真不識相，我跟黃芯婷都已經在交往了，他還想怎麼樣？

「藍士仁。」賴義豪看著我。

我沒好氣地說：「怎樣，想打架？」

「我喜歡你。」賴義豪說道。

「啥小？」

「咚——！」

這時，教室門被粗魯地撞開，隨著進門的是令我瞠目結舌的幾人——

身材火辣的豐唇美女、一身馬甲還攜帶ＳＭ鞭子的被虐狂網襪女，和綁著雙馬尾、身高與黃芯婷相差不遠的水手服小妹妹，以及拿著ＢＬ漫畫顆顆發笑的陰沉貞子女。

「王子～我已經不當恐怖分子了，快和我結婚吧！」豐唇女說。

「主人，我也不當恐怖分子了！拜託你快用鞭子調教我吧！」網襪女說。

「士仁哥哥……我也不當恐怖分子，勇敢的面對自己的夢想了！」水手服小妹妹說。

「哈嘶～～你們快點再接吻一次，讓我興奮吧！」貞子女說。

「呃……」

正當我陷入無限錯愕時，背後傳來一股莫大的殺氣，彷彿能淹沒整個世界。

「藍、士、仁、做、作、男！」

黃芯婷的眼睛好像噴出火焰似的，怒瞪著我。

「芯、芯婷妳聽我解釋……」

「這些女人是怎麼回事！你給我說清楚！」

黃芯婷大叫一聲，用超能力將我拋上萬丈公尺的高空中。

「哇啊啊啊——不可以用超能力談戀愛啦！」

我一下子就飛過了對流層，好像看到水平線端還有飛機在飛，鳥兒在腳底下翱翔的樣子……說不出的感覺，十分不可思議。

和第一次見面的時候一樣，黃芯婷將我帶上萬丈高空，太陽好像伸手可及那麼接近。

這次，我沒有嚇得屁滾尿流。

這次，我沒有害怕得緊閉雙眼。

這次，我緊緊牽著黃芯婷的手，不放開——廢話，放開就掉下去了！

這次，我的目光沒有離開過她甜美的臉蛋。

「黃芯婷，我愛妳。」

「知、知道了啦，幹嘛一直講？」
「因為我真的真的很愛妳，愛得無法自拔——那妳呢？」
「我……我也愛你啦，笨蛋做作男！」
「噗哧，用超能力談戀愛……好像也沒什麼不好～」

《不可以用超能力談戀愛02》完

《不可以用超能力談戀愛》全套兩集，全國各大書店、網路書店、租書店強力熱賣中！

後記

《不可以用超能力談戀愛》順利完結啦！

不知道各位讀者是否還喜歡呢？

各位手上這本輕小說能出版，一路上受到不少幫助與支持，真的很謝謝各位。

南門椅子從二〇一一年開始在網路上連載小說，起初只是想記錄與朋友們的點點滴滴，將一些有趣的回憶寫成故事，不知不覺……越來越多人看見了我們的故事。

謝謝你們，喜歡南門椅子。

未來，還會有更多有趣、爆笑的故事，還請各位夥伴們陪我們一起走下去！

南門椅子　二〇一五年十月

不可以用
超能力
談戀愛
Yes?No?
Don't Use
Superpower!
NOVEL
南門椅子
ILLUST
Flyking
賭上戀愛遊戲之神
的戰爭即將開始！
全套2集，全國各大書店、網路書店、租書店，持續熱賣中！
全套2集，一起來攻略超能力美少女！
典藏閣
華文聯合出版平台
www.book4u.com.tw
采舍國際
www.silkbook.com
不思議工作室
立即搜尋
版權所有© Copyright 2015

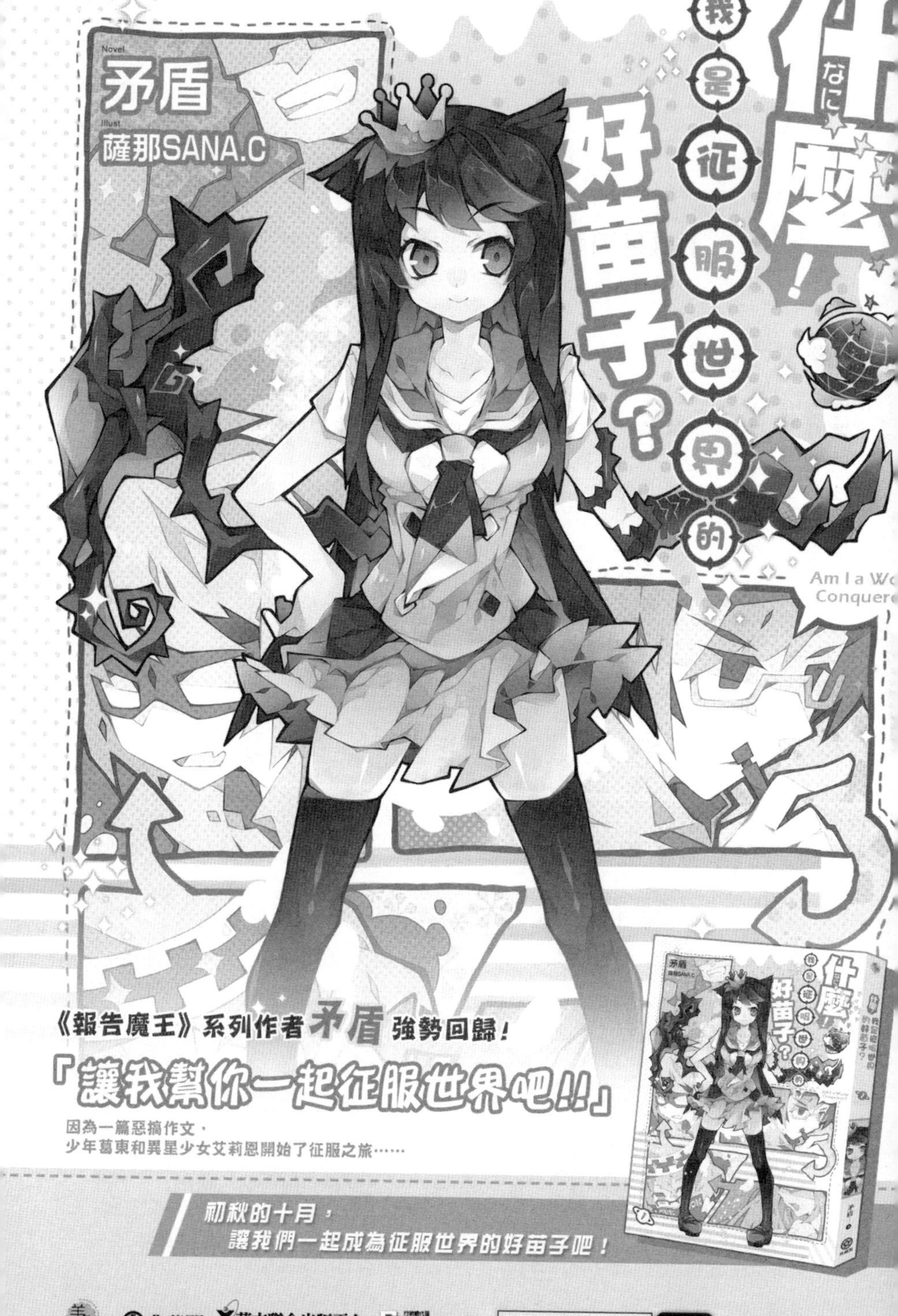

羊角系列 006

不可以用超能力談戀愛 02（完）

出版者■典藏閣
作　者■南門椅子　　繪　者■Flyking
總編輯■歐綾纖

製作團隊■不思議工作室

郵撥帳號■50017206 采舍國際有限公司（郵撥購買，請另付一成郵資）
台灣出版中心■新北市中和區中山路 2 段 366 巷 10 號 10 樓
電　話■(02) 2248-7896　　傳　真■(02) 2248-7758
物流中心■新北市中和區中山路 2 段 366 巷 10 號 3 樓
電　話■(02) 8245-8786　　傳　真■(02) 8245-8718
I S B N■978-986-271-634-2
出版日期■2015 年 10 月

全球華文國際市場總代理／采舍國際
地　址■新北市中和區中山路 2 段 366 巷 10 號 3 樓
電　話■(02) 8245-8786　　傳　真■(02) 8245-8718

新絲路網路書店
地　址■新北市中和區中山路 2 段 366 巷 10 號 10 樓
網　址■www.silkbook.com
電　話■(02) 8245-9896
傳　真■(02) 8245-8819

☞您在什麼地方購買本書？☜

1. 便利商店（________市／縣）：☐7-11　☐全家　☐萊爾富　☐其他________

2. 網路書店：☐新絲路　☐博客來　☐金石堂　☐其他________

3. 書店（________市／縣）：☐金石堂　☐蛙蛙書店　☐安利美特animate　☐其他____

姓名：________地址：________

聯絡電話：________　電子郵箱：________

您的性別：☐男　☐女　　您的生日：西元________年________月________日

（請務必填妥基本資料，以利贈品寄送）

您的職業：☐上班族　☐學生　☐服務業　☐軍警公教　☐資訊業　☐娛樂相關產業
☐自由業　☐其他________

您的學歷：☐高中（含高中以下）　☐專科、大學　☐研究所以上

☞購買前☜

您從何處得知本書：☐逛書店　☐網路廣告（網站：________）　☐親友介紹
（可複選）　☐出版書訊　☐銷售人員推薦　☐其他________

本書吸引您的原因：☐書名很好　☐封面精美　☐書腰文字　☐封底文字　☐欣賞作家
（可複選）　☐喜歡畫家　☐價格合理　☐題材有趣　☐廣告印象深刻
☐其他________

☞購買後☜

您滿意的部份：☐書名　☐封面　☐故事內容　☐版面編排　☐價格　☐贈品
（可複選）　☐其他

不滿意的部份：☐書名　☐封面　☐故事內容　☐版面編排　☐價格　☐贈品
（可複選）　☐其他

您對本書以及典藏閣的建議________

____

____

✌未來您是否願意收到相關書訊？☐是　☐否

✍感謝您寶貴的意見✍

印刷品

$3.5
請貼
3.5元
郵票
不思議信箱
FUSIGI POST

235 新北市中和區中山路二段366巷10號10樓

華文網出版集團　收

（典藏閣－不思議工作室）